京都四条

月岡サヨの小鍋茶屋《つきおかさよのこなべちゃや》

柏井 壽

Kashiwai
Hisashi

京都四条
月岡サヨの小鍋茶屋

イラスト………卯月みゆき

装丁………大岡喜直（next door design）

目次

主な登場人物

月岡《つきおか》サヨ ◆ 十五歳で故郷を離れ、清水寺境内の茶店で働きはじめる。子供のころから料理が好き。

肥後宗和《ひごそうわ》 ◆ 「清壽庵《せいじゅあん》」住職。サヨと同じ近江草津出身でサヨの父親代わり。生臭坊主で酒好き。

中村《なかむら》フジ ◆ 要人御用達・伏見「菊屋旅館」の女将。サヨに十二支妙見巡りの功徳を教える。

杉田源治《すぎたげんじ》 ◆ 錦《にしき》市場の魚介・乾物を商う店の大将。サヨに料理の助言をすることもあり、珍しい食材を仕入れてくる。

第一話

しゃも鍋

〈まくら〉

わしねぇ、四条《しじょう》界町《さかいまち》に住んでる桂《かつら》飯《はん》朝《ちょう》っちゅう噺家《はなしか》ですねん。はっきり言うて売れてまへん。そのうち売れる思います。古典落語もやりまっけど、得意なんは創作落語です。

創作落語を作るのに、まずは台本を書くことから始めます。あっちゃこっちゃからネタを拾うてきて、小説みたいに書きますねん。ほんで、おもろかったら落語に作り変えます。これがけっこう愉《たの》しいんですわ。

そのネタを捜しにちょいちょい古本屋を覗《のぞ》くんでっけどね、寺町《てらまち》通にある『竹林洞書房《ちくりんどうしょぼう》』っちゅう店で、けったいなもんを見つけましてん。『鍋茶屋の大福帳』て表紙に書いたある古い本っちゅうか、帳面っちゅうか。中身をパラパラと見たら日記みたいなもんですねん。

正確に言いますと『小鍋茶屋の大福帳』なんでっけど、この〈小〉っちゅう字はあとから書き足してありますねん。誰ぞがイタズラ書きしよったんやと最初は思うてましたんやけど、そうやなかったていうことが、読んだあとからわかりました。

どうやら幕末ころのもんみたいで、知った地名やら、ひょっとしたら、あの幕末の志士と違うやろかと思う人物も出てくるんですわ。旨《うま》そうな料理もようけ出てきて、落語のネタには格好の古本ですわ。

これがあんた一冊や二冊やおへん。十冊ほどがひと束になってますねん。はて、なんぼほどするんやろと値段見たら、そこそこええ値が付いとる。メシのタネやさかい、しょうがおへん。投資やと思うて買いました。

これを書いとるのは、月岡《つきおか》サヨっちゅう若い女性みたいですわ。

大福帳て言うても、売掛の帳簿だけやのうて、日記みたいなことまで、こと細こうに書いたぁるんです。ごていねいに挿絵まで描いてあるもんやさかい、その様子が手に取るようにわかるんですわ。おもしろうてやめられまへん。

京都の四条と五条のあいだ辺に、仏光寺《ぶっこうじ》通という東西の通りがありましてな、烏丸《からすま》通のほん東に建っとる『佛光寺《ぶっこうじ》』っちゅうお寺が通りの名前の由来ですわ。その北向かいに『清壽庵《せいじゅあん》』っちゅう寺があったて書いたあります。

ほんまかいな。『佛光寺』はんいうたら、うちの店《たな》のすぐ近所やさかい、ようよう知っとるけど、『清壽庵』てな寺は、見たことも聞いたこともありまへん。なんや、作り話かいな、てがっかりしました。けど、いちおう念のために古地図を見てみよ思うて、本棚から引っ張りだして見たら、なんと『清壽庵』て書いてあります。びっくりしましたわ。これ、掘り出しもんでっせ。もしかしたら、世紀の新発見になるやもしれまへん。

『佛光寺』て言うたら京都では知らん人がおらんくらい有名なお寺ですけど、そのすぐ北側に幕末ころまで『清壽庵』てなお寺があったことはほとんど誰も知りまへん。今は影も形もありまへんさかいな。

ぼちぼち本題に入りまひょ。その『清壽庵』の境内の隅っこに『鍋茶屋』ていう茶店があったらしいてね、このサヨっちゅう若い女の子がひとりで切り盛りしとるみたいです。この子がまた不思議な女の子でしてな、けったいな事件に遭遇しますんやわ。

　十五のときに近江草津《おうみくさつ》から京の都に出てきたサヨは最初、『清水寺《きよみずでら》』の茶店で働きよります。その話からはじめまひょ。

1　清水の妙見さん

近江草津にあるサヨの実家は、四代続く『月岡屋』という旅籠《はたご》を営んでいて、先代までは順調な商いを続けてきたが、当代になってから、急速に経営状況が悪化した。

草津は街道の宿場町として、人の往来こそ激しいものの、昨今の不安定な政情もあって、物見遊山の客が減ったことが、主因となっているようだ。

七人の兄弟姉妹の三番目に生まれたサヨは、口減らしのためもあって、十五の春が終わるころに故郷を離れた。

父照入《しょうにゅう》は淡々としていたが、サヨの行く末を案じた母徳子《とくこ》は縁故を頼り、『清水寺』の境内に建つ茶店の『すずめ亭』で、サヨが働く手はずを整えてくれた。

京都に移り住み、『すずめ亭』で働くようになってから、二年と少し経《た》ったころ。サヨは毎日途方に暮れていた。

茶店の主人は悪い人ではないのだが、仕事には人一倍厳しい。まだ若いサヨに、完璧な接客などできるはずもないのだが、少しでも客から文句が出ると、サヨをきつく叱責する。

接客だけではない。おなじ茶屋で働く同僚との連携がうまくいかないときも、すべて責任はサヨに押し付けられた。

それでもサヨは文句ひとつ言わず我慢を重ねてきた。母徳子から、何があっても三年は辛抱せよと言われていたからだ。三年間我慢すればきっと道は開ける。それは母の願望に過ぎないのかもしれないと思いつつ、サヨはその教えにしたがった。

主人から叱られたり、客から文句を言われたり、同僚から冷たくされたりは、どれもあらかじめ覚悟していたことなので、さほど苦痛ではなかった。

一番つらかったのは、まったく料理に携わらせてもらえないことだ。小さいころから『月岡屋』の用事を手伝わされてきたサヨは、料理が大好きだった。傍《はた》で見ているだけでも愉しいが、たまに手伝わせてもらうと、夢中になって料理の真似《まね》ごとを繰り返す。

あまりに熱心なものだから、板場の料理人たちもおもしろがって、サヨに料理を教えた。その甲斐《かい》もあって、十歳のころには出汁《だし》を引いたり、飯を炊いたりは一人前にできるようになっていた。

それをずっと見ていたから、母徳子は『すずめ亭』へ送り込んだのだ。

誤算だったのは『すずめ亭』にはすでに熟達の料理人が何人も居て、サヨが入り込むすきがなかったことである。

三年間くらい誰に何を言われようが我慢するが、料理に携われないことは耐えられそうにない。そう思ったサヨは母に相談したのだが、事態は何ひとつ変わることがなかった。

たまには気分転換をしようと、サヨは鴨《かも》の河原を見に行くことにした。幼いころ、辛《つら》いことがあると草津川へ行っていたからだ。川の流れを見ていると、なんとなく気分が落ち着くのである。

すっかり暗くなった『清水寺』を出て、サヨは松原《まつばら》通を西に下って行った。往復で一里ほどの距離だが、近江の野山を駆け回っていたサヨにとってはたいした道のりではない。

『清水寺』から鴨の河原まではずっと下り路《みち》だ。『六道珍皇寺《ろくどうちんこうじ》』の門前を通り、『西福寺《さいふくじ》』を越え、『寿延寺《じゅえんじ》』の近くを通ると、もうすぐ鴨川《かもがわ》の流れが見えてくるはずだ。サヨは足に弾みをつけた。

鴨川に架かる松原橋の上で立ち止まった。

足元の鴨川は北から南に流れている。水量はそれほど多くなく、ところどころに中洲《なかす》ができていて、そこにはたくさんの男女が集い、歌い踊っている。

なんて愉しそうなのだろう。もがき苦しんでいる我が身とのあまりの違いに、サヨの胸は苦しくなるのだった。サヨは目に涙を浮かべながら夜空を見上げた。

二年間、一度たりとも故郷に帰りたいなどと思ったこともなかったが、草津川を思いだしたサヨは懐かしさに胸を震わせた。

「負けられへん。こんなん最初からわかってたんやさかい。わかってたんやさかい」サヨは、何度も涙をぬぐい、川面《かわも》に目を落とした。

暗い顔をしたまま『清水寺』へ戻る。瞬《またた》くような星空を見上げると、少しばかり勇気が出るような気がしてきた。

「お星さんもこないして、うちを見守ってくれたはるんや」

サヨの頭の上では、北斗七星や北極星がひときわ白く輝いている。

松原通は何度も何度も歩いた道筋なのに、

「こんなお寺はん、あったかいなぁ」

『日體寺《にったいじ》』の門前で足を止めて、サヨが首をかしげた、そのときである。ひと筋の光が天上から降りそそぎ、サヨの顔を照らした。

「なに？　かみなりさん？」

まぶしさに目を細め、手をかざしながらサヨが大きな声を上げた。

「かみなりやない。わしは妙見《みょうけん》や」

刀を手にした男が仁王立ちしているのを見て、サヨはその場にへたりこんだ。

「ちょ、ちょぉっと待ってください。うちはなんにも悪いことしてまへん。決して怪しいもんやおへん。月岡サヨて言うて、清水さんの茶店でお世話になってます。これからお寺へ帰るとこですねん。かんにんしとぅくれやす」

尻もちをついたまま後ずさりして、サヨは寺の築地塀《ついじべい》にへばりついた。

「なんや。この刀を怖がっとるんか。お前を斬ろうなどと思うておらん。安心せい。お前を助けよう思うて出てきたんや」

妙見と名乗った男が『日體寺』を指さした。

「お寺のかたどしたんか。怖い顔して、いきなり刀持って出てきはったらびっくりしますやんか。おどかさんといてくださいな」

サヨは乱れた裾を整えながら立ち上がった。

「いつもは明るい顔しとるのに、今日はえらい暗い顔しとるさかい、心配になって出てきたんや。なんぞ案じとることがあるんか？」

「いっつも、て、うちのこと知ってはるんですか」

「えら知りやがな。お前はわしのことを知らんやろが、わしはお前が生まれたときからずっと見てきとるで」

「お寺はんがうそつかはったらあきまへん。うちは近江の出ですえ。ここに来たんは二年前です。知ってはるわけおへんがな」

サヨが鼻で笑った。

「わしを小ばかにするぐらいの元気があるんなら安心や。巳年《へびどし》生まれのお前を見守るのが仕事やさかい、困ったことがあったらいつでも来たらええ」

妙見は右手に刀を持ったまま、寺の山門をくぐってなかに入った。

「なんで、なんでうちが巳年生まれやて知ってはるんです」

サヨがその背中に声を掛けた。

「なんでて、わしが妙見やさかいやがな」

振り向いた妙見は頭上に刀をかざし、サヨをにらみつけた。

「すんまへん」

勢いに気《け》おされたサヨは、身震いしながら頭を下げた。

「妙見はんかぁ。怖いお坊さんやったな」

『日體寺』を何度も振り返りながら、サヨは帰りを急いだ。

その夜サヨはなかなか眠りに就けなかった。

珍しく弱気になったサヨの前に、妙見なる摩訶不思議《まかふしぎ》な男が現れ、自らを守り神だと名乗った。いったいあの男は誰なのだろう。よくよく考えてみれば寺方が刀を振りかざすわけがない。ひょっとして物《もの》の怪《け》だったのだろうか。ぶるっと身震いしてサヨは手洗いに立ち、そのあとになってようやく深い眠りに落ちた。

不思議な体験をした翌日のこと。いつものように『すずめ亭』の台所で洗い物をしていると、サヨは主人から呼び出された。

「サヨ、お前にお客さんや」

「お客さん？　うちにどすか？」

「お前も人が悪いなぁ。『菊屋《きくや》』のおフジさんと知り合いやったんなら、最初からそない言うてくれんと」

「『菊屋』のフジさん？　そんな人知りまへんえ。なんぞの間違いやおへんか」

「間違いも何も、うちの店で近江から来た月岡サヨっちゅうたらお前しかおらんがな」

「おかしいなぁ。『菊屋』もフジさん言うかたも、初めて聞くお名前どすけど」

「お前は知らいでも、先方はよう知ってはるみたいや。待たしたら失礼やさかい、早ぅ行け」

「早ぅて言われても、まだ仕事がようけ残ってますし」

「そんなもんは誰ぞが代わりにやりよる。フジさんは気が短いお人やさかい早ぅ行け」

主人に背中を押されたサヨは、首をかしげながら客席に向かった。

緋毛氈《ひもうせん》を掛けた床几台《しょうぎ》が並ぶ店はほぼ満席だ。サヨはそれらしき女性を目で探したが見当たらない。

「あんたがサヨか」

薄紫色の着物を着た、上品な年輩女性がサヨの肩をぽんと叩《たた》いた。

「へえ。うちが月岡サヨですけど」

「思うたとおりの子ぉやな」

女性は連れの男性に目くばせした。

「ほんに。ええお子ですがな」

サヨの頭のてっぺんから爪先まで見下ろして男性がほほ笑んだ。

「うちになんのご用ですやろ」

サヨがふたりの顔を交互に覗きこんだ。

「こんなとこで立ち話もなんやさかい座りまひょ」

男性がサヨを床几台に奨《すす》めた。

「うちはお客はんやないさかい座られしまへん」

「遠慮せんでよろしい。こちらの主人にはあんじょう言うてあるさかい」

女性が座りこんだのを見て、サヨは周りを見ながらおそるおそるといったふうに、浅く腰かけた。

「こちらは伏見《ふしみ》の『菊屋旅館』の女将《おかみ》の中村《なかむら》フジさん。わしは大番頭の藤吉《とうきち》や。用事ていうほどのことやない。ちょっと顔を見に来ただけなんや」

「へえ。うちの顔をですか」

サヨは狐《きつね》につままれたような顔をして、藤吉とフジに目を向けた。

「そうや。清水さんの茶店に月岡サヨていう、近江からでてきた巳年の子がおる。面倒見てやってくれて、女将さんが清水の妙見はんに頼まれはったんやがな」

藤吉がさらりと言った。

「なんやお話がようわかりまへんのやが、女将さんはあのお寺さんとお知り合いですのんか?」

サヨはまだ話が呑《の》み込《こ》めずにいる。

「藤吉。あんたから説明してやりなはれ」

「へい。承知しました。サヨちゃん、あんたは妙見はんを知ってるやろ」

藤吉が身体《からだ》の向きを変え、サヨを正面から見すえた。

「『日體寺』から出てきはった坊さんですか。知ってるて言うても、昨日初めて会うただけですさかい、そないようは知りまへん。お坊さんやのに刀持って怖い顔でにらんできはったさかい、腰抜かしそうになりましたわ」

昨夜を思いだして、サヨはぶるっと身震いした。

「女将さん、そうやったみたいでっせ」

藤吉がフジに笑みを向けた。

「あんたはええ運を持ってるんやな。清水の妙見はんがわざわざ出てきてくれはるやなんて、めったにありまへんで」

「へえ」

まだ話の流れをサヨは読み切れずにいる。

「『日體寺』さんの妙見さんが、サヨちゃんを気遣うて出てきはったやなんて、にわかには信じられんけど、女将さんの夢枕に立たはったくらいやさかい、サヨちゃんのことを、よっぽど気に入らはった、て言うか気になるんでっしゃろな」

「ほんまやなぁ。先々代から妙見はんを崇《あが》め奉ってきましたけど、誰も間近にお姿を見たもんはおへん」

フジがサヨに向けた視線には、いくらかの嫉妬が混ざっているようだ。

「うちは近江から出てきた田舎もんどっさかい、ようわかりまへんのやけど、さいぜんから言うといやす、妙見はんて、そもそもどういうおかたなんどす？」

サヨは率直に訊《き》いた。

「近江には妙見さんは居てはりませんのか」

藤吉が訊いた。

「居てはるのかもしれまへんけど、うちは聞いたことおへん」

サヨは首を左右に傾けている。

「ほんまに運の強いお子やわ。お会いしたいいて願うても、妙見はんに会うことなんて誰もできんのに」

フジは心底感心したようにかぶりを振った。

「女将さんがわざわざうちに会いに来てくれはったことと、昨日会うたお坊はんとなんぞつながりがあるんですか？」

「あのな、サヨにはお坊はんに見えたかもしれんけど、昨日寺から出てきはったんは、妙見はんていう菩薩《ぼさつ》はんや」

「ほんならやっぱり物の怪やったんどすか？」

サヨが首をすくめた。

「妙見はんを物の怪やなんて言うたらバチが当たりまっせ」

フジがサヨをにらみつけた。

「すんまへん。なんにも知らんもんでっさかい」

「まぁ、おいおいわかってくるやろ」

藤吉が腰を浮かせた。

「ところで、サヨはなんぞ心配ごとがあるのんか？　妙見はんがえらい気にしてはったみたいやけど」

「ゆうべはちょっと落ち込んでただけどす。こちらにお世話になってるんやさかい、心配ごとなんかおへん」

　サヨが周りを気にしながら、窮屈そうに答えていることは、フジには容易にわかったようだ。

「藤吉」

　フジが目くばせすると、藤吉はこっくりとうなずいて帳場に座る主人のほうへ歩いて行った。

「ちょっと出かけまひょ。すぐ近所の茶碗《ちゃわん》屋はんへ行こう思うてたさかい、サヨもついてきなはれ」

　すっくと立ち上がって、フジが歩きはじめた。

「ついてきなはれて言われても、うちはまだようけ仕事ありますし」

「心配要りまへん。わてのほうから主人にはあんじょう言うときます」

「へえ」

　この場はフジにまかせたほうがよさそうだ。そう思ったサヨはフジのあとを追った。

「主人にはあんじょう言うときました」

　すぐに藤吉が追いついてきた。

「よろしおした」

　フジがさらりと返す。

「ひとつ訊いてもよろしいやろか」

「なんえ?」

振り向いたフジの顔は威厳に満ちている。

「仕事も終わってへんのに店を出るやなんて、よう許してくれはった思うんですけど、女将さんとはどないな関係なんどす?」

「あの茶店の主人やけどな、うんとむかしはうちの店で丁稚《でっち》をしとったんや。長年奉公したさかいて言うて、女将さんがあの茶店を持たしたっちゅうわけや」

「そうどしたんか」

サヨはホッとして肩の荷をおろした。

いつも通る松原通からひと筋南側の坂道を、フジが早足で下りて行き、そのすぐ後ろに藤吉が続く。サヨはふたりの背中を見ながら、このあとどうなるのだろうと、胸をざわつかせた。

「ここは近藤《こんどう》はん言うて、うちの店で使う器を作ってもろてる窯元《かまもと》どす。よう見ときなはれや」

白い暖簾《のれん》がかかる店の前でフジが立ち止まった。

「へえ」

わけもわからず、とにかく相槌《あいづち》を打つのがサヨには精いっぱいだった。

「ごめんやす」

フジが暖簾をくぐって引き戸を開けた。

「おこしやすぅ、ようこそ」

藍《あい》地の茶羽織《ちゃばおり》を着た白髪の男性が出迎えた。

「いつもおおきに。あとで器を見せてもらいまっけど、今日は奥の座敷《ざしき》をお借りしとうてまいりましたんや」

「どうぞどうぞ。お安いご用で。散らかしとりまっけど、なんどきでも使うとぉくれやす。『すずめ亭』のおなごしはんとご一緒やて、珍しおすやないか」

「この子を知っとぉいやしたんか。ちょっとわけありでしてな」

藤吉がフジと顔を見合わせて上がりこんだ。

庭越しに登り窯が見える座敷で、三人は車座になった。

ほどなく茶と茶菓子が運ばれてきて、ひと口茶をすすったあとにフジが口を開いた。

「ここやったら誰にも聞かれしまへん。何を案じてるのか言うてみなはれ」

「わしらがあの主人に告げ口するようなことはありまへん。胸につかえとるもんがあるんやったら、なんでも言いなさい」

藤吉がやさしく言葉を添えた。

「ほんまに内緒にしてくれはりますか？」

上目遣いにサヨが訊くと、ふたりは鷹揚《おうよう》にうなずいた。

「ほんなら言いますけど、うちは料理をしとうて『すずめ亭』さんにお世話になったんどすけど、今までいっぺんもやらしてもろたことがないんです。ときどきご主人にお願いするんですけど……」

「料理て、あんた、お金もろてお客さんに出すもんでっせ。自分で作って食べるようなもんとはわけが違う。あんたみたいな若いおなごに作らさんのはあたりまえや思うけどな」

フジが冷たく突き放した。

「女将さんの言わはるとおりや。わしが主人やったとしても、客に出す料理を、おまはんに作らそうとは思わんやろな。けど、妙見はんの頼みや言う話やさかい、放《ほ》っとくわけにもいかん。どんな料理が作れるのか言うてみい」

「どんなんが作れるかて、ですか？　どんな料理が作れんか、て訊いてもろたほうが早い思います」

「ほう。えらい大きい出たやないか。その歳《とし》でなんでも料理ができる言うんかいな」

フジが小鼻を膨らませた。

「月岡の家は草津で旅籠をやっとりますさかい、小さいころからなんでも手伝わされました。お布団の上げ下げやとか、掃除やとか。十にもならんころからは台所を手伝うのもあたりまえどしたさかい、飯炊きから覚えさせられたんどす。焼魚やら煮ものやら、見様見真似《みようみまね》ですけど、ひと通りはできる思います」

サヨが胸を張った。

「そやったん。サヨは『月岡屋』のお嬢やったんかいな」

「うちの旅籠を知っとぉいやしたんですか？」

「知ってるも何も、『月岡屋』さんの板場にはうちの旅館から、何人も送り込んでるんやで。

あんたのお父ちゃんもよう知ってる。なんとも不思議な縁ですなぁ」

　藤吉がフジに代わって答えた。

「ほんに。妙見はんがうちに頼んできはったんも、そういうことを知ってはったさかいやろなぁ。ありがたいこっちゃ」

　フジは感慨深げに遠い目をした。

「ごもっともでございます」

　藤吉が首《こうべ》を垂れた。

「サヨ。今日から『すずめ亭』の台所へ入るよう、主人に言うときます」

「ほんまですか。ほんまに料理をさせてもらえますのんか？」

　サヨが目を輝かせた。

「うそ言うてどないしますねんな。ただし」

　背筋を伸ばして、フジが眉根を寄せる。

「なんどす？」

　サヨは不安そうな顔をフジに向けた。

「ひと月を期限とします。ひと月経って、主人のめがねに適《かな》わなんだら、台所を出てもとの仕事に戻りなはれ。ひと月後にまた藤吉と一緒に来るさかい。わかったか？」

「はい。わかりました。ご主人に認めてもらえるよう、せいだい気張ります」

　サヨが声を明るくした。

「あの主人は厳しいことで有名やさかい、気ぃ抜いたりしたら、すぐに見透かされるで。死にものぐるいでやりなはれ」

藤吉が励ました。

「おおきに。ありがとうございます」

サヨはふたつ折れになって畳に額を押し付けた。

「礼を言うのはまだ早い。ほんで、礼を言うんやったら妙見はんにしなはれ。これから日参りを欠かしたらあきまへんえ」

「わかりました」

サヨは顔を上げることなく答えた。

「京の都にはな、十二支妙見さん巡りっちゅう巡礼があるんや。『日體寺』さんにおいやす妙見さんは、巳《み》の守り神さんや。サヨちゃんを見守ってくれてはるのも、お前が巳年生まれやさかいなんやで。ここに十二支妙見さんの地図がある。これを渡しとくさかい、順番にお参りしなさい。鳴滝《なるたき》やら伏見やら、遠いお寺さんもあるけんど、お休みもろてお参りに行き。それも主人に頼んどくさかい」

藤吉が四つ折りにした地図をサヨに手渡した。

「何から何まで、おおきに、ありがとうございます」

ようやくサヨが顔を上げると、その眼《め》は真っ赤に染まっていた。

と、まぁ、サヨとフジはんの関わりは、こういうことからはじまったんですな。

恥ずかしながら、わしも知りまへんでしたけど、洛陽《らくよう》十二支妙見巡りっちゅうもんはむかしからあったみたいです。早速ググってみましたら、江戸時代にはえろう盛んやったて書いておました。

それがいつの間にか消えてしもうたんは、おそらく廃仏毀釈《はいぶつきしゃく》の影響やないか思うてます。惜しいことですがな。けど干支《えと》にちなんだ寺巡りいうのはおもしろおす。そう思うた人がようけおったみたいで、最近になってまた復活したみたいです。

『清壽庵』は消えてしまいましたけど、十二支妙見はんはちゃんと残ってます。都七福神巡りやとか、六地蔵巡りはやったことあるんでっけど、今度は洛陽十二支妙見巡りにチャレンジしてみよ思います。けど、藤吉さんが言うてはったとおり、市内の中心地から外れたとこもちらほらありますさかい、一日で十二ヵ寺ぜんぶ回るのは無理です。何日も掛けて回らんとあきまへん。

ところで、サヨが妙見さんに出会うたっちゅう話。ほんまのことやろか。にわかには信じられまへん。仏像が動いたりしゃべったりて、科学的にはあり得へんのでっけど、サヨの書きっぷりからすると、あながち作り話とも言い切れまへん。誰かに読まそう思うて書いたもんやおへんさかい、話を作る理由がおへんがな。

そう言うたら紅葉で有名な『永観堂《えいかんどう》』はんにも、阿弥陀《あみだ》はんが動いたりしゃべったりした、っちゅう話が伝わってますな。

永観《えいかん》っちゅう坊さんが冬場におつとめしてはったときのことやそうです。永観はんは正座したり、阿弥陀はんの周りを念仏して、行ったり来たりしてはった。ほしたら突然、阿弥陀はんの像が壇を下りてきて、永観はんを先導したっちゅうんですわ。阿弥陀はんの像が歩きだしたら誰でもびっくりしますわな。我々のような凡人だけやのうて、修行を積んだえらい坊さんでも一緒やと見えて、永観はんは驚きのあまり、呆然《ぼうぜん》と立ちつくしてはったんです。それを見はった阿弥陀はんは左肩越しに振り返って、――永観、おそし――て言わはったそうな。そのときのお姿が〈みかえり阿弥陀〉はんていう仏像になって、今もお堂に安置してあります。

阿弥陀はんが動かはるんやったら、妙見さんが動いてしゃべらはっても不思議やおへんわな。

ほんで続きを読んでますとね、ますますほんまの話みたいな気がしてきましてん。日記やとか帳簿てなもんは、そのときそのとき書くもんやさかい、時系列に沿うてます。今のパソコンやったら、あとから消したり、書きなおしたりもできまっけど、むかしの書きもんは、そんなんできませんがな。

ていうことは、やっぱりあれはほんまの話やったんやないか。そう思うてます。て言うのもね、続きの話のつじつまがよう合《お》うとるんです。なるほど、あのときの妙見さんとの出会いがあって、そのあとの『鍋茶屋』につながったんや。そない納得しました。次はそのへんの話をしまひょ。

2　伏見の『菊屋旅館』

サヨがフジと出会ってから、ひと月どころか半月も経たないころだった。『すずめ亭』の主人はフジの元を訪ね、人並外れたサヨの料理の腕前を伝えた。どんな料理も手際よくこなし、その素早さも尋常ではない。これだけの腕があるのなら、寺の茶店ではなく『菊屋旅館』のような由緒正しい料亭で腕を伸ばすべきだと提案した。

断る理由など何ひとつない。二つ返事で引き受けたフジは、すぐに藤吉を使いに出し、その日のうちにサヨを引き取った。

一番驚いたのは当のサヨだ。たいした荷物ではなかったが、暮らし道具や着物など一切合切をあっという間に荷造りし、『菊屋旅館』のふたりの手代が運んで行った。

駕籠《かご》に乗せられたサヨは、藤吉と連れ立って伏見へと向かう。

あまりの急な展開に、サヨはめまいを覚えた。

「どないなるんやろ」

駕籠に揺られながら、サヨがひとりごちた。

すべては妙見と出会ったことからはじまった。

藤吉に言われたとおり、あの日から毎朝毎晩『日體寺』へお参りし、一心に祈りを捧《ささ》げた。合間を見てはほかの妙見にも参詣してきたが、遠くの寺までは足を伸ばせていない。それだけは気がかりだったが、『すずめ亭』での仕事は思い残すことなくまっとうできたと思っている。

主人から指示された仕事はすべてこなせたし、一度たりとも失敗しなかった。『月岡屋』での仕事量に比べれば楽なものだった。

主人に試されているという緊張感もなくはなかったが、料理を作れる喜びがそれにまさった。

サヨの仕事ぶりに驚く主人を横目にするのも快感となった。とりわけサヨが炊いた飯をひと口食べたときの、主人の表情は忘れられない。特別な米を使ったのではないかと疑うほど、その旨さに主人は舌を巻いたのだった。

長いようで短かった『すずめ亭』での二年間を振り返るうち、駕籠は伏見の『菊屋旅館』に着いた。

「駕籠は初めてか。しんどかったやろ。今日はゆっくりしなはれ」

やさしい言葉で出迎えてくれたフジの顔を見るなり、サヨは不意の涙を流した。

「女将さん。おおきに、ありがとうございます。こないなことしてもろて、サヨはほんまにしあわせもんです」

「しつこいようやけど、お礼を言うんやったら妙見はんや」

「ほんまでっせ。こないうまいこと行くやなんて、妙見はんのおかげとしか言いようがおへんわ」

藤吉が言葉を加えた。

「そらそうでっけど、女将さんが居てはらへんかったら、こないなことには」

サヨは涙を止められずにいる。

「今日はゆっくりして。その代わり明日からは手加減しまへんえ。せいだい気張ってもらいますさかい、覚悟おしやすや」

フジが襟元を整えた。

「向こうの主人から聞きましたで。サヨちゃんには料理の神さんが付いてるらしいがな」

藤吉の言葉をすぐフジが打ち消した。

「神さんやおへん。妙見はんが付いていてくれてはるんどす」

「そうでしたな。えらい失礼しました」

フジにたしなめられて、藤吉が苦笑いした。

「ほん半月前までこないなことになるとは思うてもいませんでした。どないお礼を言うてええやら」

「せやから言うてますがな」

「礼を言うんやったら妙見さん」

フジと藤吉が顔を見合わせて高笑いした。

翌日から板場に入ったサヨは、その実力を遺憾なく発揮した。

どころか、『すずめ亭』で遠慮していた技も見せ、さほど時間を置くことなく、サヨは『菊屋旅館』の板場で二番手にまで昇りつめた。

「こないあんじょういってええんやろか」

それはサヨの口癖になってしまった。

それほどに『菊屋旅館』に移ってからのサヨは目覚ましい活躍を見せた。『すずめ亭』とは違い、『菊屋旅館』で出す料理は会席仕立てである。ただ煮炊きするだけではなく、見た目にも美しく仕上げなければならず、酒にも合う料理を作らねばならない。

どこまで伸びるか計り知れない。長いあいだこの世界で生きてきた藤吉ですら、サヨの将来を見通すことができなかった。

藤吉が一番驚いたのは、初めての食材をサヨが容易《たやす》く使いこなすことだ。近江の『月岡屋』でも『清水寺』の『すずめ亭』でもきっと使うことがなかっただろう鱧《はも》も、サヨは細かく骨切りすることで食べやすくなることを見抜いた。

薄皮一枚を残し、小骨を細かく切ると口当たりがよく、湯引きにしてもいいし、椀物《わんもの》のタネにもなるとサヨが言ったとき、おおげさに言えば『菊屋旅館』の板場は大騒ぎになった。

初めて鱧を手にするサヨが、京都でも限られた板前しか知らないこの調理法をみごとにやってのけたことに驚いた。

藤吉が顔をほころばせた。

3 『清壽庵』の『鍋茶屋』

それから二年経ちましたんや。フジはんの計らいで、サヨは自分の店を持つことになりました。それが最初にお話しした『鍋茶屋』ですわ。『清壽庵』っちゅうお寺の境内に小さい小屋を建てて、食事処《どころ》を開いたんですな。

サヨの挿絵を見ると、街道筋にようある、絵に描いたような茶店ですわ。格子窓に障子を貼った木戸があるだけで、看板らしいもんは見当たりまへん。

商いも順調に進んどる、ある春の日の話です。

春が来た。やっと来た。月岡サヨは大きな声でそう叫びながら、両手をあげて、ぴょーんと飛びあがった。

はた目も気にせず思いきり飛びあがったせいで、縞《しま》の着物は裾が膝の上までめくれあがってしまった。春の陽がサヨの白い足を紅《あか》く染める。

ついさっき夜が明けたばかりの『清壽庵』の境内は、まだしんと静まり返っている。サヨは慌てて口をふさいだ。

寺の隣の家からはコホンコホンと二度ほど咳払《せきばら》いが聞こえてきた。――うるさいで――。寺の北隣に住む老人がそう言っているように、サヨには聞こえた。

近江草津から京の街に移り住み、春を迎えるのは今年で四度目だ。サヨはようやく京の街になじんできたことを実感している。

京の冬は暗く長い。それゆえ都の人々は、今か今かと春を待ちわびているのだ。生まれ育った草津では、春はいつの間にか来ているものだった。草津川沿いの桜がつぼみを膨らませると、冬が終わったのだと気付くくらいで、春を待ち望むようなことなど一度もなかった。草津からはそれほど離れていないのに、どうしてこんなに京都と気候が違うのか。

そのわけを教えてくれたのは『清壽庵』の住職、肥後宗和《ひごそうわ》だった。

「京都というとこはなぁ、三方を山に囲まれた盆地なんや。冬は山から風が吹きつけよるからさぶい。夏は湿気がたまりよるから暑い。サヨの生まれた草津は山から遠ぅて、淡海《おうみ》がすぐそこにある。いっつもええ按配《あんばい》の風が吹いとったやろ」

サヨの父、月岡照入のひと回り上の宗和は、京都でサヨの父親代わりをしてくれている。お経を読んだり、法話を説いているときは厳しい顔付きをしているが、サヨと接しているときは笑顔を絶やすことがない。

今朝も本堂からは、朗々とした読経の声が聞こえてくる。宗和が朝のお勤めをしているのだ。その声を聞きながら、庭ぼうきを規則正しく動かすのは、サヨにとって朝一番の愉しみだ。

「サヨ、おはよう。今朝も張り切っとるなぁ」

小さな木箱を抱えて、境内に駆け込んできたのは杉田源治《すぎたげんじ》である。源治は錦小路《にしきこうじ》で『杉源』という魚介と乾物の店を営んでいて、サヨが切り盛りする『鍋茶屋』に食材を卸している。

「おはようさんどす。源さんこそ、いっつもお元気そうで」

「利尻《りしり》からええ昆布が届いたさかい持ってきたで。それと、おとどい注文してくれた琵琶湖《びわこ》の川海老《かわえび》や。豆はまだあるんやな」

「おおきに。豆はまだまだぎょうさんありますさかい、海老豆《えびまめ》を炊きますわ。けど、利尻のお昆布ていうたら高いんと違います？」

「他ならんサヨのこっちゃ。卸値にしとくがな」

「助かります。源さんには返さんならん借りがようけありすぎて」

サヨは拝殿にほうきを立てかけて、昆布を床几の上に並べた。

「サヨはいくつになりよるんや？」

「十九になります」

「もう、そんなになるんか。早ぅ嫁に行かんと。宗海《そうかい》はんはどないや。お似合いやと思うけどな」

「お寺に入るのはいやです。ましてや、あんな派手な人と一緒になるやなんて、想像しただけでもぞっとします」

宗海は宗和の息子で、『清壽庵』の跡を継ぐべく、僧侶見習いといったところだが、新しもの好きで、いつも派手な格好をしていることから、カブキ宗海と呼ばれている。

サヨは手ぬぐいを使って、昆布をていねいに拭いている。

「茶屋をひとりで切り盛りする、しっかり者のサヨと、型破りなやんちゃ坊主の宗海なら、ええ夫婦《めおと》になると思うんやけどなぁ」

榎《えのき》の切り株に腰かけた源治は、いつものようにキセルに火を点《つ》けた。

「今は毎日毎日『鍋茶屋』を続けることだけで精いっぱいどす。男はんのことを考えてるひまなんかありまへんわ」

昆布を束ねたサヨは手際よく藁《わら》で縛っていく。

「そんなこと言うとったら行き遅れるで。花の見ごろは短いさかいにな」

源治は音を立ててキセルの灰を落とした。

源治の言うとおりだとサヨは思った。

今は料理を作るのが愉しいから、ひとりでも寂しくないが、こんなことがいつまで続くかわからない。宗和の話だと、どうやら日本は近いうちに大きく変わるようだし、そうなれば料理どころではなくなるに違いない。そんなときに放りだされたとしても、草津に戻れるわけがない。どんなに時代が変わっても、寺がなくなることはないだろう。『清壽庵』の跡を継ぐ宗海と一緒になれば将来は安泰だ。

それはよくよくわかっている。

「そうや。サヨにはあやまらんならんことがあるのを忘れとった」

源治は藍地の煙草《たばこ》入れにキセルを仕舞った。

「あやまらんならんこと？」

折箱に入った川海老を匙《さじ》で木桶《きおけ》に移しながら、サヨが訊いた。

「春になったら、明石《あかし》からとっておきの桜鯛《さくらだい》を仕入れてやるて言うとったやろ」

「へえ。愉しみにしてるんよ」

「あれなぁ、ちょっと無理かもしれん。いや、しれんてな曖昧なことやない。無理なんや。すまんことやが」

源治が小さく頭を下げた。

「なんでやのん？　源さんの知り合いの漁師はんに頼んでくれてはったんと違うの？」

「それはそうなんやけどなぁ」

源治が深いため息をついた。

「ひょっとして、また……」

サヨが顔を覗きこむと、源治は目をそらした。

「やっぱり」

サヨは頬を膨らませて唇を尖《とが》らせた。

「サヨには悪いことやが、わしも錦で商売しとる以上、『大村屋《おおむらや》』のお嬢には逆らえんのや」

「それはようわかってる。源さんがいっつも無理して、うちんとこにええもんを持ってきてくれてはることには、ほんまに感謝してる。悪いのは源さんやない。あのお嬢さんはうちのことを目の敵《かたき》にしてはるんやから、しゃあないな」

首をすくめてサヨは口元をゆるめた。

「けど、なんで『大村屋』のお嬢は、サヨのことをあないに気にするんやろなぁ。言うたらなんやけど、『大村屋』のお嬢にしたら、サヨなんかアリみたいな小さいもんやのにのう」

源治は地べたを這《は》う一匹のアリを手に取って、ふっと息を吹きかけた。

『祇園社《ぎおんしゃ》』のすぐ南側に建つ料亭『大村屋』は、京都一とも称される、格式高い老舗料亭である。天正年間の創業と伝わり、三百年近い歴史を誇る料亭の当代は、江戸幕府の要人とも近しく、徳川家御用達《ごようたし》としても知られている。

その跡継ぎと目される長女の秀乃《ひでの》は、幼少のころから先代の薫陶を受けてきたことに加え、長崎まで出向き南蛮渡来の料理を学ぶなど、傑出した料理人として日本中にその名をとどろかせている。

江戸を筆頭にして、各地の豪商たちは、こぞって秀乃の料理を食べるために上洛《じょうらく》する。その人気は過熱するいっぽうで、秀乃が板場に立つ日の席は一年も先まで予約で埋まっているという。

「秀乃さんは女王蜂、うちは地べたを這うアリ。すぐに踏みつぶせるのになァ」

折箱を木箱に戻したサヨは、帯にはさんだ手ぬぐいで手を拭いた。

「サヨの料理に負けとうないと思うてはるんやろな」

「負けるも勝つも、うちと『大村屋』はんがおんなじ土俵に上るわけないやないですか」

サヨはせわしなくほうきを動かす。

「大店《おおだな》のお嬢はなんでもひとり占めしたいんや。ちーとでもサヨの料理を好いとる客がおるのが辛抱ならん。ようそんな顔してはるわ」

「けったいな人や」

「その代わりっちゅうたらなんやけどな、ええもん持ってきたで。紀州から届いたカツオのなまり節や。傷《いた》みが早いさかい、すぐに火ぃ入れときや」

「これがなまり節でっか。話には聞いてましたけど、初めて見ますわ。どない料理したらええんやろ」

「豆腐と炊き合わせると旨い。あんまり濃い味にしたらあかんで」

源治が木箱のふたを閉めて立ち上がった。

サヨはなまり節を手にし、秀乃の顔を思いだしている。

二度ほど錦小路で見かけたが、大勢の若い衆を引き連れて歩く秀乃は、細面《ほそおもて》ながら大柄で、目尻も上がっているせいか、女王蜂というより、女狐《めぎつね》と言ったほうがふさわしい風貌だ。市場へ買い付けに来るというのに、絹の着物を着て艶《あで》やかな帯を結んでいた秀乃は、サヨを見つけると、にらみつけるように眉を尖らせた。

「さてと、お天道《てんと》さまもごきげんええみたいやから、伏見までひとっ走りしてくるか」

源治は草鞋《わらじ》を縛りなおして、膝を曲げ伸ばしした。

「『菊屋旅館』さんまでて言うたら、二里ほどもあるんと違うやろか。どうぞ気ぃつけて」

「抜け道通って一里半っちゅうとこやな。ようけ魚を頼まれとるさかい、荷が重うていかんわ」

「フジさんに会うたらよろしゅう。こないだはおおきに、てサヨが言うてたて伝えてください」

「ほなまた明日な」

木箱を包んだ風呂敷《ふろしき》を背に、源治は駆け足で境内を出て行った。

『清壽庵』の境内で茶屋を開く手はずを整えてくれたのも、仕入れ先の源治を紹介してくれたのもフジ。そして客商売のイロハを教えてくれたのもフジである。

サヨが生まれて間もないころに死んだ祖母の記憶はまったくない。サヨにとってフジは祖母代わりでもある。いつもはやさしいフジだが、こと料理に関しては鬼のように厳しい。味付けはもちろん、器の使い方ひとつでも、こと細かに指導する。フジは恩人でもあり、祖母でもあり、そしてだいじな師匠でもあるのだ。

『清壽庵』のすぐ南には『佛光寺』が建っていて、そこを東に行き、鴨川をずっと下っていって、一里ほども歩かないと伏見にはたどり着けない。フジはたいてい駕籠に乗ってやってくるが、それでもけっこうな時間が掛かる。遠い伏見から、わざわざ料理を食べに来てくれるのは本当にありがたいことだと、サヨは常々感謝している。

源治が走り去った南に向けて、サヨは手を合わせ、深々と頭を下げた。

「そろそろお米をとがんと」

ひとりごちて、サヨは境内の北隅に建つ『鍋茶屋』へと向かった。


『鍋茶屋』は日暮れてから店を開けますんやが、フジはんの教えにしたごうて、ひと晩にひと組の客しか取らんのですわ。けったいな店でっしゃろ。それもあんた、五人以上は断るて、どんな店やねん、て言いたなります。そんなんで続けていけるんかいな、て誰でも思いますわな。ところがしっかり続いてますねん。なんでか。その秘訣《ひけつ》はお昼のおにぎり屋にあります。サヨがひとりでやってるおにぎり専門店。今で言うテークアウトのおにぎり屋ですな。それがまたよう流行《はや》ってますんや。

『鍋茶屋』の前に小さな机を出して、その上に竹笊《ざる》を置いて、おにぎりを並べて売ってます。塩おにぎりと、海苔《のり》を巻いたおにぎりをふたつひと組にして売ってますねんけど、毎日、用意した百組はすぐに売り切れる人気ですわ。もちろんこれもフジはんが考え付かはった商いです。フジはんて、ほんまは伏見やのうて、浪花《なにわ》のあきんどと違いまっしゃろか。

ふたつひと組のおにぎりが十文て言いますさかい、決して安いことはおへん。このころのどん屋やったら、だいたい飯の大盛りが三文くらいですわ。せやから相場の三倍の値段になりますナ。けど評判が評判を呼んでたんでっしゃろ。昼の商いが終わったらサヨの銭函《ぜにばこ》には銭一貫が入っとったみたいです。そのうち百文を賃料として『清壽庵』に納めることにしとったようで、お寺はんにとっては、賽銭《さいせん》よりありがたかったんと違いますやろかね。

挿絵にも描いたあるんでっけど、塩おにぎりのほうは、日替わりの具が入っとります。ええ米を使うて、ていねいに炊いとったんですやろな。その飯をぎゅっとにぎったんやのうて、ふうわりと丸めたおにぎりは絵だけ見ても旨いんやろなてわかります。ほんで海苔巻きのほうはたいてい梅干し一個ですわ。その梅干しは、フジはんが紀州南部《みなべ》から取り寄せた梅を、毎年サヨが漬けてるもんやそうです。これがほかの梅干しと違うて、あんまり塩辛ないみたいです。ほんのり甘いて書いてまっさかい。なんぞ漬け方に秘密があるんでっしゃろな。

挿絵見とると、お竈《くど》はんのねきに信楽焼《しがらきやき》の壺《つぼ》が置いたあります。ここに梅干しが入ってますねん。ふたを開けて、サヨがなかの様子をじっと見てます。塩梅《あんばい》よう漬かってるのを毎朝たしかめんと気が済まん。サヨはそんな性質《たち》やったんですナ。

梅干しの様子を見たあと、サヨはカンナでかつお節を削るんですと。シュッシュッ、てええ音がして、薄い薄い削り節ができとるのが、目に浮かびます。日替わりの具はおかかですやろ。お醬油《しょうゆ》にたっぷり浸して、おにぎりに包んで……。堪《たま》りまへんな。よだれがでてきよる。

和尚はんも匂いにつられて出てきはります。

「おはよう、サヨ。今日は檀家《だんか》さんのところで昼をよばれることになっとるから、おにぎりは要らんわ」

引き戸を開けて、敷居《しきい》をまたぐことなく宗和は顔だけをのぞかせた。

「おはようございます。檀家はんで、ごっつぉをよばれはるんですか。よろしいなぁ。いっぺんぐらいうちも連れとぉくれやす」

「夜ならともかく、昼間はおにぎり屋の商いがあるから無理やろ。たまには店を休んだらどうや」

「何を言うてはるんですか。盆と正月以外に休んだりしたらバチが当たります。人間働いてナンボやて教えてくれはったんは和尚さんやないですか」

たすきで着物の袖を縛ったサヨは、ぎしぎしと音を立てて米をといでいる。

「そんなこと言うたかいな。近ごろもうろくしたせいか、忘れっぽうなっていかん。ほんで今夜はどうなんや。客はあるんか？」

首を伸ばした宗和が調理台を覗きこんだ。

「フジさんの紹介で、土佐《とさ》のお侍さんがひとりで来はります。けど、内緒らしいさかい、ほかの人には言うたらあきまへんえ」

「ほう。土佐の侍か。フジさんの紹介やったら大丈夫や思うけど、なんやら物騒な噂《うわさ》をよう聞くさかい、くれぐれも用心しいや」

「なんぞあったら大きい声出しますさかい、すぐに来とぉくれやっしゃ」

「よっしゃ。すぐに宗海を行かすさかい、大きい声出しや。ところでそれはどこのかしわや？」

「近江水口《みなくち》のしゃもです。なんでも土佐のお侍さんの好物やそうで、昨日絞めたんをフジさんが取り寄せてくれはったんです。大きおすやろ。さばくのもひと苦労ですわ」

しゃもの首を持って宗和に見せた。

「よう身が締まって旨そうやないか。これで一杯やりたいけど残らんやろな」

宗和が舌なめずりした。

「さあどうやろなぁ。お侍さん三人やったらこれくらいペロッと食べはりそうやけど、おひとりやしなあ。肝だけでも置いときますわ。遅い時間でよかったらショウガ煮にでもしてお坊のほうへ届けます」

「悪いこっちゃな。愉しみに待っとるわ」

笑みを浮かべながら、宗和はゆっくりと引き戸を閉めた。

大きな竹笊にしゃもを寝かせて、サヨは手水鉢《ちょうずばち》で手をゆすいだ。


京都にはぎょうさんお寺がありまっしゃろ。『東寺《とうじ》』はんやとか『仁和寺《にんなじ》』はん、『清水寺』はん、と数えだしたらキリがおへん。そこらの有名どころほどではおへんけど、『佛光寺』はんもよう賑《にぎ》おうてるんでっせ。もうすぐ枝垂《しだ》れ桜も咲きますし、秋になったら銀杏《いちょう》の葉が黄色ぅに色付きよる。信徒はんだけやのうて、花見に来るもんもようけおります。

それと比べるのもなんでっけど、『清壽庵』の境内はいつもひっそりとしてますねん。垣根の椿《つばき》もきれいに咲いてるし、柳も芽吹いてきとる。小ぢんまりしたえぇ寺なんやけど、これ、っちゅう売りもんがおへん。ほかのお寺みたいにご利益《りやく》をようけ宣伝するわけやなし、運慶《うんけい》やとか快慶《かいけい》が彫ったてな、立派な仏像もおへんしな。

そんな鄙《ひな》びた寺でっけど、昼どきだけは人だかりができております。みなのお目当てはサヨのおにぎりですわ。


「ごりょんさん、お久しぶりです。今日はおいくつしまひょ？」

「ふた組もらおかしらん。冬のあいだはあんまり外へ出んようにしてたんやわ。この歳になって風邪ひいたら長引きまっさかいな。まだまだ冥土には行きとうないし」

「何を言うてはりますねん。ごりょんさんにはまだまだ冥土てな言葉似合いまへんえ。お顔もツヤツヤしてはるし、百まで生きはりまっせ。ふた組。二十文いただきます」

「じょうずに言うてからに。はい、二十文」

「おおきに。また来てくださいね」

「ひと組ください」

「タマちゃん、いっつもありがとう。お母さんの調子はどうえ？」

「いつもと変わらへん。けど、サヨさんのおにぎり食べたら元気になる思う」

「えらいなぁ、タマちゃん。お母さんだいじにしたげてな」

「うん。お金はお父ちゃんがあとから持ってくる」

「わかってるよ。はい。今日のおにぎりはおかかやで。タマちゃんの分、おまけしといたしな。内緒やで」

　サヨは竹の皮に包んだおにぎりをふた組渡した。

「ありがとう」

　タマは目を輝かせて走り去った。

「わしは十組だ」

　懐手をした年輩の侍が言った。

「お武家さま、申しわけありません。おひとり三組までとさせてもろてますので」

「十組買《こ》うてやると言うたのが聞こえんかったんか」

　侍は大きな声を出した。

「どなたさまでもおなじなんです。三組でよろしいですか？」

　サヨは笑顔を絶やさずに、きっぱりと言い切った。

「わしを誰やと思うとる」

「どこのどなたさまでも、おひとり三組しかお売りできないと決めておりますので」

「誰がそんなことを決めた。どこぞにそんなことが書いてあるのか？」

「うちが決めたんどす。できるだけ大勢の人に食べて欲しい思うてますんで。うちは字ぃがへタやさかい、和尚さんに書いてもらいました。よう読んどぉくれやす」

サヨが引き戸の横に貼られた紙を指した。

「ごちゃごちゃ言うてんと早ぅしてくれや。お侍さんと違うて、わしら職人はいそがしいんや」

行列の後ろから声を上げたのは、大工の留蔵《とめぞう》だ。

「そやそや。買うのか買わんのかはっきりせいや」

左官の勘太《かんた》があとに続いた。

「評判を聞いて来てやったのに。二度と来ん」

顔を真っ赤に染めて、侍がきびすを返した。

「はい。おばあちゃん、お待たせしたなぁ。なん組しましょ？」

「じいさんが庭でこけて歩けへんのや。ほんで代わりに来たんやが、ひとついくらなんや？」

「うちはふたつでひと組。十文いただいてます。大きめににぎってあるさかい、おじいちゃんとおばあちゃんやったら、ひとつずつでもええかもしれんね。ひと組にしよか？」

屈《かが》みこんだサヨが、竹の皮をほどいて中身を見せた。

「そやな。これやったら、ひとりひとつ食べたら充分や。ふたつも食べたら夜が食えんわ」

「はい。ひと組。気ぃつけて持って帰ってな。おじいちゃん、おだいじに」

「ほな十文」

「おおきに」

代金を受けとりながら、サヨは目で行列の人数を数えた。

「すんません。残り少のうなりましたんで、おあとはおひとりふた組までお願いできますか。えらいすんませんなぁ」

サヨが頭を下げると、行列を作っている人たちは顔を見合わせて、首をすくめる。仕方ないと納得したようだ。


と、まぁ、サヨは毎日こんなふうな昼の商いを続けとるようです。ええ商売を思い付いたもんですなぁ。ほんまにフジはんっちゅうおかたはたいしたもんです。今の時代やったらビジネスコンサルタントっちゅうとこですわ。

けど、夜の『鍋茶屋』については、フジはんはあんまり助言しはらんみたいです。

客の紹介やとか、食材の仕入れはフジはんが絡んどるみたいですが、献立やとか、調理法、値付けまで、サヨがひとりで仕切って、店を切り盛りしとるようです。

ひとり五百文で料理一式、酒代込みやて書いてます。今の感じで言うたら五、六千円っちゅうとこですかナ。当時の居酒屋で、百文も出したらへべれけになるまで酔えたみたいですさかい、高いっちゅうたら高いです。けど、『大村屋』みたいな料亭になると、料理だけでひとり二貫は下らんとも書いてまっさかい、それに比べたら格安と言えんこともおへん。

『鍋茶屋』の夜の客は、三日に一ぺんくらいしかなかったみたいです。そらそうですわな。お寺の境内にそんな夜の料理屋があるとは、ふつうは思わしまへん。たいていの人らはここを昼間だけのおにぎり屋やと思うとったんでっしゃろ。

夜の『鍋茶屋』は知る人ぞ知る存在やったんですナ。今で言うたら紹介制の隠れ家レストランですわ。

そもそも『鍋茶屋』っちゅう屋号は、サヨが勝手に名付けとったみたいで、看板やとか暖簾をあげるわけやなし、みな『清壽庵のおにぎり屋』と呼んどったようです。

ほんだら、夜の『鍋茶屋』にはどんな客がくるかて言うたら、フジはんやとか和尚の宗和はん、仕入れ先の源治はんから話を聞いて、興味を持った物好きだけやったんですわ。それを人《ひと》伝《づ》てに聞いた客がこれに加わる、ちゅうとこです。今と変わらんように、むかしも口コミで広がることはあったんですやろ。そんな店でっさかい、あんまり人目にもつかん。どうやら密談や密会の場所として利用されとったみたいです。

ひとつだけ、夜の客にサヨが決めとることがありましてな、それは必ず客が自分で予約に来るっちゅうことです。そのうえでサヨの問いに答えんならん、というのが条件やそうです。

ほんでサヨが何を訊くかと言うたら、それがあんた、客の干支やっちゅうんやさかい、びっくりしますわな。

――生まれ年の干支はなんですか？――

いきなりそない訊かれても、たいていの客は面食らいますわ。なんや占い師かいな。そう思うた人もおった思います。なんでメシ食うのに干支を教えなあかんねん。わしやったらそう言い返します。

干支と料理。一見なんのつながりもないように思えまっしゃろ？　けど、これがサヨにとっては生命線と言うてもええぐらい、だいじなことですねんて。

洛陽十二支妙見巡りの話を覚えてはりまっか。藤吉はんがサヨに教えはりましたやろ。言われたとおりにサヨは時間を見つけては、妙見さん巡りをしとったようです。

もちろん『日體寺』はんへは、朝に夕にとお参りしとったんですが、ある日の夜に、また妙見さんがお堂から出てきはったんですわ。前みたいに腰抜かすほど驚くことはおへんなんだけど、それでもびっくりしますわなぁ。

何を言いに来はったんやろ思うて、サヨが直立不動でかまえとると、こない言わはったそうです。

「お前は巳年やから、わしんとこへお参りに来たらええ。けどだいじな客を迎えるときは、その客の干支の妙見にもお参りせんとあかん。きっとたいせつなことを教えてくれるはずや」

そう来たか。わしやったらそう思います。なるほど、っちゅう気もしまっけど、大儀やなぁとも思います。

さっきも言いましたように、けっこう遠いとこにも妙見さんはおいやすねん。守り神の妙見さんに言われたんやさかい、近所の妙見さんで済ますわけにはいきまへんわな。料理の支度はせんならんわ、妙見さんにお参りせなあかんわ。なるほど、そらまぁ、三日に一ぺんぐらいしか、夜の客は取れまへんわな。

春の日の晩に来る土佐のお侍は予約をしに来たときに、未《ひつじ》の生まれやと言うたんで、サヨは『東寺』の北門近くにある『法華寺《ほっけじ》』へお参りに行くことになります。幕末のころはここに〈未の妙見さん〉がやはったんです。

その『法華寺』っちゅうお寺ですけど、今は島原《しまばら》にあります。なんで引っ越さはったかていうたら、東海道新幹線が通るとこやったさかい、立ち退きになったんですわ。

島原にはもう一ヵ所、『慈雲寺《じうんじ》』といぅ妙見さんのお寺がありましてな、そっちは〈島原の妙見さん〉て呼ばれてます。

『法華寺』は〈未のほうの妙見さん〉と今は呼ばれてますけど、そのときになんぞええ知恵をサヨに授けはったんやろか。そう思うて読んでると、へえー、っちゅうことが書いたありました。

4　サヨのしゃも鍋

三日前に『鍋茶屋』を訪れ、夜の予約をしていったのは、慈姑頭《くわいあたま》の侍だった。

土佐の生まれだとフジから聞かされていたとおり、土佐弁であれこれ注文を付けられたが、耳慣れない土佐の言葉に、サヨは何度も訊き返すはめになった。

「旨いしゃもをかまえてきいや」

侍がにこりと笑う。

「は？」

サヨが訊き返す。

「言うとる意味がわからんのじゃか？」

「はい」

「旨いしゃもを用意しといてちょーせ、て言うとるんじゃ」

「はぁ」

なんとなく通じた。一事が万事こんな調子だった。

「つかぬことを訊《たず》ねますが、あなたの干支は何ですか？」

「干支？　干支とメシになんの関係があるんじゃ？」

「干支がわかると、あなたに合うた料理が用意できるんどす」

「わしは未じゃ。せいぜい旨いもんをかまえとーせ」

「土佐の未はん、まかしとぅくれやす。お越しになるときはこの札を持ってきてください」

サヨが未の絵札を手渡した。

「請け札っちゅうことか。しょうえいやつやのぅ」

笑いながら侍は出て行った。

『鍋茶屋』の客はたいていい二、三人で食事に来るのだが、この土佐の侍はひとりで食べに来るという。

好物のしゃも鍋をゆっくり味わって食べたいから、だと言い、誰にも邪魔されない時間を作りたいとも言った。

店とは言え、サヨひとりのところへ男がひとりでやってくる。断るべきかと思わなくもなかったが、澄んだ瞳で射貫《いぬ》くように見つめられたサヨは、頬を紅く染めてこっくりとうなずいていた。

不純なものをいっさい感じさせない瞳だった。もしも自分の見立てが間違っていて、身に危険が迫るようなら大声を出せばいい。住職もそう言っていた。

それよりも気になることがある。

サヨが夜の客に出す料理はおおむね形が決まっていて、三つの料理を順に出すことにしている。最初は前菜。つまりは酒のアテだ。こまごまと七品から八品の料理を木皿に盛り合わせて出す。二つ目は魚料理だ。たいていは焼魚か煮魚だが、ときには天ぷらを揚げることもある。

そしてサヨが最も得意としているのは、三つ目の主菜、鍋料理だ。

会食をする客たちのなかには、初対面どうしということも少なくないようで、なかなか話が弾まないというのも珍しくない。そんな場合でも三つ目の鍋が出てくると、すぐに和気あいあいとなる。ひとつの鍋を囲み、つつきあうことで人と人の距離が近づくからだろうと思っている。

それがひとりだとどうなるのだろう。

その場面を想像してサヨは思わず眉をひそめてしまった。なんともうすら寒い光景ではないか。

しばらく考えこんでいたサヨは、思い立って錦小路へ向かった。

「もうちょっと早ぅ気付けばよかった」

四条大路のひと筋北にある錦小路には、魚屋や八百屋などの食材を商ぅ店が建ち並んでいるが、調理器具や器を売る店も少なくない。堺町《さかいまち》通と錦小路が交わる角から三軒目が、目指す『三浦屋《みうらや》』。サヨがいつも器を買い求める店だ。

『菊屋旅館』のフジが懇意にしている清水坂の『近藤』も覗いてみたが、とてもテコに合う値段ではない。源治が紹介してくれた『三浦屋』は包丁からまな板、鍋や食器全般を扱っていて、しかも値段も手ごろだ。それに割れた器も気安く修理してくれるので重宝している。

「サヨちゃん、久しぶりやな。また皿でも割ったんか」

『三浦屋』の主人、三浦半吉《はんきち》が店先に積まれた小皿に値札を付けている。

「うちはそんな粗忽《そこつ》と違います。あれは猫が足を引っかけて割りよったんです。今日は土鍋を捜しに来ました」

サヨが口を尖らせた。

「あの土鍋を割ったんかいな。持ってきたら継いでやるで」

「違いますて。小さい土鍋が欲しいんどす」

サヨが店のなかを見まわしている。

「小さい土鍋かぁ。今は置いてないわ。どれぐらいのがええんや?」

「ひとりで鍋を食べたい言うお客さんがおるんや。しゃも鍋するんやけど」

「ひとり用の鍋なぁ。窯元に注文して作らそか?」

「今から作ってたら間に合わへん」

サヨが肩を落とした。

「九条の『殿田《とのだ》』はんから鍋焼うどん用の土鍋の注文を受けて、明日納品するんやが、余分があるさかい、ひとつふたつでよかったら持って行くか?」

半吉は店の奥から小さな土鍋を取りだした。

「これこれ。こんなんが欲しかったんやわ。ふたつ持って帰ってもかましまへんか?」

「ええで。『殿田』はんとことおんなじ値段にしとく」

「おおきに。助かったわ」

二客の小さな土鍋を受けとって、サヨはいそいそと店をあとにした。

「あとは〈未の妙見〉さんやな」

急ぎ足になって、サヨは『東寺』へと向かった。

錦小路の『三浦屋』から『東寺』までは二十数町ほどの距離があるが、サヨにとってはたいした道のりではない。

西洞院川《にしのとういん》の流れに沿って南へ向かい、八条大路を西へ進めば『法華寺』はすぐそこだ。

お堂の前に立ったサヨは目を閉じて、ただ一心に妙見菩薩に祈りを捧げる。

「妙見さま、妙見さま。サヨでございます。未年のお侍さまをお迎えいたします。なんぞええ知恵をお授けくださいさい。おたの申します」

サヨがじっと手を合わせ続けると、お堂のなかから物音が聞こえた。

ゴトゴト、ドンドンと音を立てて、妙見菩薩がサヨに向かって歩いてくる。薄目を開けてその様子を見ていたサヨは、思わず声を上げそうになった。

「お前がサヨか。清水の妙見から話は聞いておる。未の侍が来るのか。してその者はどこの生まれと言うておった？」

妙見菩薩にそう問われたサヨは、かたく目を閉じたまま短く答える。

「土佐です」

「そうか。土佐の侍か。坤《こん》の方角じゃな。ならば金と土を用いよ」

「金と土？　なんのことですやろ。うちにはさっぱり」

薄目を開けて、サヨが首を左右に傾けた。

「金と土を使うてもてなせと言うておるのじゃ」

「金と土を食べさせろと？」

サヨは声を高くした。

「大きな声を出すでない。食わせろとは言うておらん。使えと言うておる。あとは自分で考えなされ。よいか。金と土じゃぞ」

言い置いて、妙見菩薩はまた音を立てて戻って行った。

「うっかり忘れてた」

ひとりお堂の前に残されたサヨは、手を解いて賽銭を納めた。

「金と土かぁ。そんな料理出したら斬り殺されるわ。くわばらくわばら」

サヨはお堂のなかに向かって再び手を合わせ、素早くきびすを返した。

バチが当たるといけないので、声に出しては言えないが、なんだ、その程度のお告げなのかと、正直サヨは落胆していた。

なぜ金と土なのかもわからないが、そんなものを料理に使えるはずがないではないか。

〈清水の妙見さん〉にお参りして、文句のひとつも言ってやりたい気分だが、期待しすぎた自分が悪いのだと思いなおして、サヨは店への帰り道を急いだ。

店に戻ったサヨは、土鍋を水屋《みずや》に仕舞い、急いで仕込みをする。一昨日から煮込んでおいたしゃもの鍋からは、いい香りが漂ってくる。

強火にかけ、表面が泡だってきたら火を弱める。骨ごと煮込んだ汁にショウガとネギを放り込む。『月岡屋』の板長が教えてくれたとおりにすれば、間違いなく美味《おい》しくなる。

味見をしてサヨは大きくうなずいて、ていねいにアクを掬《すく》っている。

「金と土。ひょっとしたら……」

手を止めて、サヨは慌てて水屋を開けてなかをたしかめた。

「なんや。そういうことやったんかいな」

ひとりごちて、サヨがにんまりと笑った。


三月も半ばを過ぎた十八日。陽もとっぷり暮れて、サヨは準備万端整えて客が来るのを待っとります。

新暦に直したら、五月の初めごろや思います。

小さい行燈《あんどん》に火を入れて、引き戸の端に置いたところへ、慈姑頭の侍がやってきました。

土佐の侍で慈姑頭というたら、あの勤皇の志士やないやろか。そない思うたらワクワクしますな。

三日前の昼間は小そう見えたんですが、夜になってよう見ると、思うてたより背丈は高い。

サヨは侍を見上げながら店に招き入れ、引き戸をそうっと閉めました。

さてさて、サヨはどんな料理を出して、あの侍はどない反応するんでっしゃろ。愉しみでんなぁ。

店のなかはと言いますと、広さはそうですなぁ、十坪ほどですやろか。ほとんどが土間になってまして、真ん中に六畳ほどの畳敷きの小上がりが設《しつら》えてあります。そこが客間っちゅうか、そこで客は飯を食うわけですな。


「ええ匂いがしちゅー」

上がりこむなり、侍は刀を置き、鼻をひくつかせた。

「狭い店やけど、ゆっくりしていってください。お酒は召しあがります?」

「あたりまえや。燗《かん》はつけんでええ」

「承知しました。これから順番に料理を出しますさかい」

緊張しているせいか、サヨの声が裏返った。

「こん店はおまんひとりでやっちゅーか」

あぐらをかいて侍がぐるりと見まわした。

「へえ。うちひとりでっけど、お寺のおじゅっさんがときどき手伝うてくれはります」

よほどのことがない限り、住職も息子の宗海も店に顔を出すことはない。警戒心の解けないサヨは思わず口走ったのだ。

「京にもはちきんはおるんやの」

「はい？　なんのことです？」

侍はサヨの問いに答えることなく、にこりと笑った。

小首をかしげながら、サヨは酒の用意をし、侍の前に膳を出した。

『菊屋』のフジさんとは、どんな関係やか」

手酌しながら侍が訊く。

「うちの恩人です。なんでもかんでもお世話になってます」

「ええ人じゃきのぉ。わしもいろいろ助けてもろうちゅー」

侍が一気に酒を飲みほし、また手酌した。

「今お料理をお持ちしますよって」

サヨは土間に降りた。

土佐の侍と言えば、お上に逆らう者ばかりだということぐらいは、いくら世情にうといサヨでも知っている。侍どうしが斬ったり斬られたりという事件は、三日に一度ほどもサヨの耳にも届いている。

用心しろと宗和も言っていたが、フジが助けているというのはどんな意味なのだろう。

フジもお上に逆らう仲間なのか。それがいいことなのか悪いことなのか。サヨにはよくわからないのだが。

作り置きしておいた前菜を木皿に盛り付けはじめる。

今日は七品用意しておいた。

甘辛く煮付けたしゃもの肝を、蒸した大根に載せたもの。裏ごしした豆腐を刻んだニンジンと一緒に丸め、油で揚げた団子。若狭《わかさ》の鯖《さば》の酢〆。海老芋《えびいも》と棒鱈《ぼうだら》の煮付け。近江こんにゃくの天ぷらと海老豆は『月岡屋』の名物料理だ。一番のご馳走《ちそう》は紀州から届いたなまり節。源治の奨めどおり、豆腐と一緒に炊き合わせたが、味が薄いようにも思う。飯のおかずには不向きかもしれないが、酒のアテにはちょうどいいだろう。

「お待たせしました」

膳の上に木皿を置くと、侍は前かがみになって料理を見まわした。

「こいつは旨そうじゃのぉ。やっぱりフジさんはうそは言わん」

「フジさんはなんて言うてはったんです？」

「京で二番目に旨い店やて」

「一番はどこて言うてはりました？」

「決まっとるやろ。伏見の『菊屋』じゃ」

「とんでもおへん。うちら『菊屋』はんの足元にも寄れしまへん」

言いながら、サヨはまんざらでもない顔付きをして、腰を浮かした。

「おまんも一杯どうや」

侍が杯を差しだした。

「おおきに。うれしおすけど、酔うてしもうたら料理が作れしまへんさかいなぁ」

やんわりと断って、サヨは土間に降り立った。

侍の傍らに置いた通い徳利《とっくり》には、五合ほどの酒が入っている。三人も客が居ればあっという間に空になるが、ひとりならしばらく持つだろう。酒と食事の進み具合を横目にしながら、サヨは二つ目の料理に取りかかった。

若狭から届いたという甘鯛《あまだい》はひと塩して、一日寝かせてある。切り身に金串を打ち、軽く振り塩をした。

食べるほうはサヨの思惑どおりに進んでいるようだが、酒のほうは予想をはるかに上回る速さで減っている。侍は残りをたしかめるように通い徳利を振っているが、どうやら残り少ないようだ。

「おまん。名はなんちゅうんや？」

侍が手招きした。

「サヨて言います」

上がりこんでサヨが正座した。

「そうか。ええ名前や。サヨ」

「はい」

まっすぐに見つめられて、サヨは思わず背筋を伸ばした。

「おまんは、わしが土佐のもんやと思うて、このなまり節を出しよったんか」

何か不都合があったのだろうか。たしかになまり節は、源治が言ったように傷みが早い。炊いていてそれは感じたが、よく火を通したから大丈夫なはずだ。

「いえ。たまたま魚屋さんが持ってきてくれただけです」

「おまんも正直なおなごじゃのう。うそでもええから、土佐のお侍さんのために用意しました、っちゅうたらええがに。ほいだらわしも喜ぶ。それが商いいうもんやき」

「なまり節はどないやったんです？」

「まっこと旨い。土佐でもよう食いよったけんど、それより旨い。京でカツオは獲《と》れんやろうに」

「よろしおした。紀州のカツオやて魚屋はんは言うてました」

「ほう。紀州のカツオか」

侍がなまり節を箸でつまんだ。

「お侍さんのお名前は？」

「田舎侍のわしの名前なんか、どうでもええやろ」

「うちだけ名乗らせるのはずるいいんと違います？」

「棟太郎《うめたろう》や。棟《うめ》と言うてくれ」

「棟さま。お酒は足りてますかいな」

「ちょうど頼もう思うとったとこじゃ」

棟太郎が空になった通い徳利を振った。

「承知しました。すぐにお持ちします」

片膝を立てて、サヨが素早く立ち上がった。

サヨは少しばかりホッとした。

勤皇派には何人もの土佐侍が居て、サヨの耳にもその名が聞こえてくる。楪太郎という名には聞き覚えがない。ならば、さほど面倒なことにはなるまい。

通い徳利を差し替えて、楪太郎の傍に置いた。

「サヨは京の生まれか？」

楪太郎は海老豆を指でつまんで口に入れた。

「うちは近江の生まれどす」

「近江か。なら『近江屋《おうみや》』を知っちゅーか？」

「お醬油屋はんどすか？」

「おう。知っちゅーか」

楪太郎が赤ら顔を丸くした。

「今食べてもろとる料理は『近江屋』はんのお醬油で味付けしてます」

「そうか。道理で旨いはずぜよ」

「楪さんのお知り合いでっか？」

「『菊屋』のフジさんとおんなじぐらい世話になっちゅー」

「ご縁どすなぁ。ぼちぼち次のお料理をお持ちしまひょか」

サヨが土間へ降りた。

「ゆっくりでええ」

楪太郎が徳利の酒を杯に注いだ。

『近江屋』の名が出たことで、サヨの気持ちはさらに軽くなった。源治の奨めで仕入れている醤油はサヨの料理の生命線とも言えるほど、大きな役割を果たしている。

フジだけでなく、しごく真っ当な商いをしている『近江屋』ともつながりがあるのなら安心だ。

串打ちした甘鯛の切り身を炭火の上にかざし、立ち上る煙にサヨは目を細めた。

「サヨはどこで料理を覚えよったんかいのぅ」

「あっちゃこっちゃですわ。料理が好きやさかい、板さんの真似をしとるうちに覚えましたんや」

サヨが串を裏返した。

「好きんことを仕事にできるっちゅうのはええのう」

「これでお金がたまったら言うことないんやけど」

「金よりだいじなんは評判よ。金なんぞは評判がええとこに自然と集まりよる」

楪太郎の言葉をサヨは胸の裡《うち》で繰り返した。

「フジさんもおなじようなことを言うてはった。お金はだいじなもんやけど、お金には羽が生えてるさかい、追いかけたら飛んで行ってしまわはる、て」

「いえる、いえる。フジさんらしいの。飛んで行くんやから、金は飛んでくることもあるき」

椺太郎の木皿が空になったのを見て、サヨは竈に駆け寄った。

「ええかざがしちゅうけんど、魚を焼いとるんか？」

「へえ。甘鯛《ぐじ》を焼いてます」

「土佐では食うたことないき、愉しみじゃ」

椺太郎はゆっくりと杯を傾けた。

松の絵が描かれた染付《そめつけ》の皿に焼きあがった甘鯛を載せる。『三浦屋』で金繕《きんつくろ》いしてもらったものだ。

ウロコを立てる焼き方は初めてだと言い、最初は怪訝《けげん》そうな顔付きで食べていた椺太郎だが、よほど気に入ったのか、お代わりを所望した。

「もうひと切れ焼いてくれんかの。ひと切れやと物足らん」

「お気に召してよかったですわ。すぐにお代わりを焼きますよって、ちょっと待っとってください」

「さいぜん評判がだいじや言うたけんど、ちいとは金もだいじにせんと。割れた皿を繕うとるくらいやから、あんまり儲《もう》かっとらんみたいやの」

「うちの好きなお皿でしたさかいに金繕いしてもろたんです。怪我《けが》の功名言うんでっしゃろか。松の絵に金が重なって、なんや縁起のええ柄になったん違うやろかて思うてますねんけど」

「松に金か。そう言われたらそうやの。ふたつに割れたもんを継いだら、前より良うなることもある。サヨ、ええこと教えてくれたの」

楪太郎は目を細め、皿を撫《な》でまわしている。

〈金〉を使えという妙見菩薩の教えはきっとこのことだったのだ。あとは〈土〉でできた土鍋を使えばいい。

ふた切れ目の甘鯛もおなじ皿に載せると、楪太郎は大きくうなずいて、サヨに笑顔を向けた。

ここまで来れば安心とばかり、ホッとしてサヨは鍋の支度に取りかかった。

サヨの十八番《おはこ》とも言える鍋料理は、これまで客の不評を買ったことがない。絶対の自信を持っている上に、フジが取り寄せてくれたしゃもだから間違いない。

いつものように、味見と言い訳しながら小鉢に酒を注ぎ、立ち飲みした。

胃の腑《いのふ》に染みわたる酒は心を落ち着かせると同時に、高ぶらせる元ともなる。

念入りにアクを掬い、ポンスの味をたしかめたサヨは大きくうなずいた。

「また、ええかざがしちゅう。いよいよしゃもが出てきよるんかいの」

尻を浮かせて、楪太郎が竈のほうを覗きこんだ。

「もうお持ちしてもよろしいかいな」

サヨはいこった炭団《たどん》を七輪に入れた。

「おう。早う食いとうて、さっきからうずうずしちゅう」

「承知しました。すぐにお持ちします」

七輪を両手で持ちあげたサヨは、楪太郎の前に運び、七輪の上に焼網を置いた。

「わしはしゃも鍋が食いたいと言うたろう。焼いてくれて言うちょらんき」

楪太郎が顔をしかめると、サヨはすかさず土鍋をかかげて見せた。

「今日は楪さんひとりで食べはるんやさかい思うて、小さい鍋にしましたんやが、鍋が小さすぎて据わりが悪いもんで、網の上に置かせてもらいます」

四角い焼網の真ん中に土鍋を置いた。

「すまんのう。わしひとりんために造作をかけて」

「とんでもない。せっかくやさかい美味しいに食べてもらわんと」

「わしはしゃもの焼いたんは好かんき」

「なんでどす？　芳《こう》ばしい焼いたんも美味しおすやんか」

「焼きゆうときのかざが嫌いや。死人とおないかざがしよる」

「へんなこと言わんといてくださいな。これからしゃもを焼けんようになりますやんか」

サヨが土鍋のふたを外すと勢いよく湯気が上った。

「これじゃ、これじゃ。これが食いたかったんよ」

楪太郎が鍋のなかを覗きこみ、赤い笑顔を丸くした。

「骨付きの肉も入ってますさかい気ぃつけてくださいや。お野菜は菊菜、水菜、ネギどす。お代わりもたんと用意してますさかい、言うとぉくれやす」

「サヨも一緒に食わんか」

「おおきに。うちは大食いどっさかい、楪さんの分がのうなりますえ」

「うまいこと言うて逃げよる」

楪太郎が相好《そうごう》を崩し、鍋に箸を伸ばした。

「ポンスもようけ作ってますんで、たんと付けて食べとぉくれやすな」

「このポンスもサヨが作ったんか。ようできとるで」

「心を込めて作らしてもらいました。ほなごゆっくり」

サヨが下っていくと楪太郎は、しゃも肉にしゃぶりつき、指で骨を外した。

「旨い！　旨いぞ、サヨ。こがに旨いしゃもは初めてじゃ。ポンスがまたええ味出しちょる」

がっつくという言葉がぴたりとはまる、楪太郎の豪快な食べっぷりに、サヨは思わず目を細めた。

骨付きのモモ肉、ムネ肉、つくね団子と三、四人分はあるはずなのに、楪太郎は半分ほども食べて、いっこうにその勢いは衰えることがない。

「楪さんは、ほんまにしゃもがお好きなんどすね。ようけ食べてもろて嬉《うれ》しおす」

「サヨの料理がじょうずやき、なんぼでも食えるわ。このポンスもほんま、ようできちょる」

「『近江屋』はんのお醤油が美味しいさかいや思います。京の西のはずれに水尾《みずお》いう山里があるんですけど、そこの柚子《ゆず》を使うとええポンスができますねん」

「しゃもだけやのうて、魚にもよう合いゆうやろ」

楪太郎が指に付けてポンスをなめている。

「なんぼお好きや言うても、ぼちぼち飽きてきはりましたやろ。ポンスにこれを入れてみとぅくれやすか。また味が変わって美味しい食べられます」

サヨは生卵を割り、ポンスの入った信楽焼の小鉢に黄身だけを掬って入れた。

「ポンスに卵を入れゆうてか。んなもんが旨いんかいのぅ」

楪太郎は小鉢を手に取り、何度も首をかしげている。

「まぁ食べてみなはれ。ポンスと卵はよう合うんでっせ。しゃもの卵やさかい味も濃いし」

「サヨがそう言うんやったら食うてみてもええけんど。あんまり気が進まんの」

渋々といった顔付きで、楪太郎がポンスに卵の黄身を溶いている。

「特につくねがよう合う思います」

楪太郎は鍋のなかからつくねを取りだし、黄身が絡んだポンスに付けて、口のなかに入れた。

「どないです？」

口元を覗きこんだ。

「うむ、うむ。えぇのう。思うとったよりクセものうて」

つくねを食べ終えて、楪太郎が鍋に箸を伸ばした。

「卵の黄身がポンスをまろやかにするんどすやろな」

「なるほど。濃い味どうしが合わさると、やらこうなるか。それは気付かんかった。割れた皿も金で継ぐと良うなりよるし、こん店はいろいろ気付かせてくれゆう」

楳太郎はひとりごちて天井に目を遊ばせ、なにやら考えこんでいる。

「楳さんは土佐から京に出てきて、なんの仕事をしてはるんどす？」

「わしか？　わしはのう、この日本っちゅう国を洗濯しよう思うて、京に来よったんよ」

「洗濯？」

サヨの高い声が裏返った。

「わしらの国は汚れきっちょるき。サヨもそう思わんか？」

「うちにはようわかりません。いろんなことを言う人がやはるけど、みんな仲良うしたらええのに思います」

「そりゃそうやけんど、日本を汚そう思うとるやつらとは仲良うできん」

「そんな人居てはるんやろか。どんな人でも自分の家やら国はきれいにしたい思うてはるんと違います？」

「…………」

腕組みをしたまま、楳太郎は唇をまっすぐ結んでいる。

「むずかしい話は横へ置いといて、たんと食べてようけ飲んでください」

「せやのう」

思いなおしたように箸を取り、楳太郎は鍋のなかを探った。

サヨに話しても無駄だと思ったのか、もしくは考えなおしているのか、そのあとの楳太郎は話を続けようとしなかった。

いっぽうでサヨは雑炊にする飯を洗いほぐし、ぬめりを取りながら、楳太郎の言葉を胸の裡で繰り返している。

国を洗濯するということの意味がよくわからない。どれほど汚れているというのか。どうやって洗濯するのか。わからないことだらけだが、楳太郎が危険な目に遭うのだけは避けて欲しいと思っている。

「サヨは好きな男が居《お》るんかや？」

楳太郎が話の向きを変えた。

「男はんを好きになったりするような時間は、サヨにはおへんのどす。今は美味しいお料理を作ることで頭がいっぱいですねん」

サヨは小上がりに顔だけを向けて答える。

「もったいない。サヨならきっとええ女房になるやろに」

「そういう楳さんはどないですのん？」

首を伸ばしてサヨが返した。

「居るような、居らんような、やな」

「なんですの、その中途半端な言いかたは」

「好き合っちゅうおなごはおるんやが、夫婦《めおと》になれるかどうかはわからん」

「なんかわけがあるんですか？」

「さっき言うちょったことよ。洗濯を先にせんならんきの」

「そのおなごはんの干支はなんどす？」

「丑《うし》の生まれやて言うちょった」

「丑の妙見さんはたしか『本満寺《ほんまんじ》』はんやったなぁ。〈出町《でまち》の妙見さん〉にもお参りしとかんと」

「何をブツブツ言うちょる」

「こっちの話やさかい、気にせんといとぅくれやす」

サヨは洗い終えた飯を笊《ざる》にあげ、小上がりに座りこんだ。

「雑炊も好物やけんど、腹ん入るやろか。調子ん乗ってようけ食いすぎた」

楳太郎が腹をさすっている。

「雑炊は別腹ですやろ。たんと食べとぉくれやすな」

飯を木杓子《きじゃくし》で掬い、素早く鍋に入れた。

「こいつも旨そうじゃの。たしかにサヨの言うように別ん腹に入りそうじゃ」

楳太郎が下腹を叩いて笑うと、サヨもつられたように声を上げて笑った。

「楳さんのお腹《なか》はほんまにふたつありそうや」

「いや。三つあるかもしれん」

その言葉どおりに、楳太郎は二膳分ほどの雑炊をきれいにさらえた。

「こじゃんと旨いもんをたらふく食うたのは、ほんまに久しぶりじゃ」

両手を後ろに突いて、楳太郎は満足げに顔をほころばせた。

「たんと食べてもろて、うちも嬉しおす。しゃも鍋だけやのうて、ほかにも美味しい鍋料理がありますさかい、また来とぅくれやす」

その様子を横目にしながら、サヨは番茶を淹《い》れている。

「ほかのもんも食うてみたいけんど、わしゃやっぱりこのしゃも鍋がええのう」

楪太郎は空になった土鍋を名残惜しそうに見ている。

「楪さんはほんまにしゃもがお好きなんどすなぁ。ええしゃもをご用意しますんで、早めに言うとぅくれやす」

勘定書を小さな盆に載せ、サヨは楪太郎の傍に座った。

「五百文やと儲からんやろ。釣りはええき」

楪太郎が一貫を盆の上に置いた。

「とんでもない。うちはおひとり五百文て決めてますさかい。倍ももろたらバチが当たります」

サヨが五百文を盆に載せて楪太郎の膝の前に置いた。

「わしも武士の端くれやき、いっぺん出した金を引っ込めるわけにはいかん」

楪太郎が盆を押しもどす。

「うちはどなたはんにも、分け隔てのうさしてもろてます。お侍はんやさかい言うて、余分なお金をもらうてなことできしまへん」

サヨもおなじように盆を押し返す。

「おまんも頑固もんやのう。ほいたらこうしよう。これは次に来るときの予約金じゃ。そいでええやろ」

「ほんなら次にお越しになる日を決めてください」

　サヨが唇を一文字に結んだ。

「そうやのう。先んことはわからんけんど、ふた月に一ぺん来ることにしよう。次は五月、その次は七月っちゅうふうに、陽の月の十八日に来るき」

「承知しました。四、五日前でええさかいに、何人で来はるか、何をお食べになりたいかをお知らせください」

「わかった。陽の月の十八日はサヨの日やと覚えとく。ほいたら忘れんやろ」

「そない言うても、飽きはるかもしれまへん。そのときは遠慮のう言うとぅくれやすな」

「まっこと旨いしゃもやった。礼を言うぞ」

　楳太郎が頭を下げてから立ち上がった。

「おおきに。お礼を言わんならんのは、うちのほうです。先のお約束までいただいてからに」

　サヨが送りに出る。

「えーっと三条河原はどっちのほうじゃ」

　茶屋を出て、楳太郎は辺りを見まわしている。

「大丈夫ですか。だいぶ酔うてはるみたいやさかいに気ぃつけてお帰りくださいや」

　サヨは楳太郎の腕を取って、『清壽庵』の山門から外に出た。

「こんぐらいはどうもありゃせん」

足をふらつかせながら、楳太郎が胸を張って見せた。

「この道をまっすぐ北に上ってもろたら四条通に出ますさかい、それを右手、東に向こうてもろたら四条河原どす。そこを左手、北に行ったら三条河原に出ます」

「よし、わかった。サヨ、また来るき」

背を向けたまま手を振り、楳太郎は北へ向かってふらふらと歩いて行った。

〈さげ〉

なんや。坂本龍馬《さかもとりょうま》と違《ちご》うたんかいなと最初は思うたんでっけど、ようよう調べてみたら、龍馬が使うてた偽名の一つが才谷《さいだに》楳太郎やっちゅう話もありますねん。

しゃも鍋。よろしいな。ポン酢のことをポンスて言うとったんですな。ほんでそのポンスに卵の黄身を入れるてな裏技をサヨが使うとります。わしも真似してやってみたんでっけど、これイケまっせ。ポン酢やのにポン酢やないみたい、て、おかしな言いかたになりまっけどね。たしかにポン酢て飽きてきますがな。味も薄ぅなりますしね。そんなときに卵の黄身を足したら、味が変わってええんですわ。

ほかの料理も旨そうでんな。今でもこんな店があったらきっと流行りまっせ。

ほんで、この楳太郎。さあ、龍馬やったんか別人やったんか。どっちやねん、と思いながら大福帳の先を読んでみたらね、えらいことがわかったんですわ。

約束どおり、楳太郎っちゅう土佐の侍は、それから五月、七月、九月と、陽の月に律儀にサヨの茶屋を訪れとります。ある年も五月は鯉《こい》鍋、七月は鰻《うなぎ》鍋、九月は豆腐鍋を食うとるんですが、問題はその年の十一月です。十一月の五日に楳太郎はサヨの茶屋へおにぎりを買いに来ます。ほんでね、こんな会話を交わしとります。

「サヨ、悪いけんど、次ん日にちを変えてくれんか」

おにぎりを受けとり、楪太郎が言った。

「十八日をいつに変えはります？」

釣銭を渡しながら、サヨが楪太郎に顔を向けた。

「十五日に変えて欲しいんじゃが」

「ちょっと待っとぅくれやっしゃ」

サヨが帳面を繰った。

「ふたりでしゃもを食いたいんよ」

「すんまへん。ほかの日やったらあきまへんか」

帳面を開いたまま、サヨは顔を曇らせている。

「なんじゃ、具合悪いんか」

「あいにく先約が入ってますねん」

「そこをなんとかならんか」

楪太郎が食いさがる。

「初めてのおかたなんやけど、愉しみにしてるて言うてはったんで」

サヨがため息をついた。

「そうか。ほいたら十八日のまんまでええ」

楳太郎が哀《かな》しげに声を落とした。

「ええんですか？」

「わしの誕生日やさけぇと思うたんやが、先約がありゆうんなら、しょうがないわな」

「まんの悪いこって。十八日に三日遅れのお祝いしますさかいに、かんにんしてくださいや」

「サヨがあやまるような話やない。また来るき」

楳太郎は笑顔を残して去っていき、サヨはその丸い背中をじっと見送った。


続きを読みますとな、結局十八日に楳太郎は来なんだて書いたぁります。

ほしてもうひとつ。十六日の朝に『近江屋』から連絡があって、急な取り込みがあったさかいに、とうぶん商いはできんようになったと言われたみたいです。ほかの店から醤油を仕入れんならんのに苦労したて書いてます。

なるほど、そういうことやったんか。すとんと腑に落ちました。

慶應《けいおう》三年十一月十五日。もしも楳太郎がサヨの『小鍋茶屋』に行っとったら、歴史は変わったかもしれまへん。

歴史にもしもは禁物やてよう言いまっけど、なんやしらん、惜しいこっちゃなぁ思います。て言いながら、サヨはそのあとの楳太郎のことをなんにも書いてしまへん。せやさかい楳太郎と龍馬は、まったくの別人かもしれまへんのですわ。

まぁ、こんな偶然は万にひとつもありまへんやろけどね。

どないです。サヨの大福帳、おもしろおすやろ。まだまだようけネタはありますさかい、次を愉しみにしとってください。

第二話

鰻鍋

〈まくら〉

ぜんぜん売れとらん噺家の桂飯朝です。もぅすぐ売れます。て、ずっと言い続けとります。けど、ぼーっとしとるんと違いまっせ。爆発的に売れる日に備えて、今日も今日とて創作落語作りに精進しとります。

『小鍋茶屋の大福帳』。これホンマにネタの宝庫ですわ。次から次とおもろい話が出てきよります。ほんでまた、ここに出てくる料理が旨そうで、旨そうで。よだれ拭き拭き読んどりますねん。

近江草津で生まれた、月岡サヨっちゅぅ若い女の子が、名刹『佛光寺』のほん隣に建っとる『清壽庵』の境内で茶店を開いとります。昼どきはその茶店でおにぎりを売っとるんですが、これがエライ評判でしてな、今で言ぅ、行列ができる店ですわ。

ほんだら夜はどんな店や、て言うたら紹介制の鍋料理屋みたいです。サヨがこの茶屋を開くように後押ししてくれはった、伏見の『菊屋旅館』の女将、中村フジはんやとか、錦市場で魚の卸をしてる杉田源治やとか、あとは寺の和尚の紹介だけで夜営業しとるようです。これもまぁ今でいぅところの隠れ家レストランですな。

旨いもんの話がようけ出てきますんやが、それだけと違いますねんで。ところどころに、ホンマかいなと思ぅような、不思議ぃな話が出てきますねん。それがリアル妙見さん、っちゅぅやつですわ。

わしも最近知ったんでっけどね、『洛陽十二支妙見』っちゅうもんがありましてな、干支に応じた妙見はんを巡ってお参りする風習が、江戸のころからあったんやそうです。

妙見はんて言うたら、北斗七星や北極星が神さんにならはった、菩薩のことらしいんでっけど、言うても仏像ですがな。それがあんた、お堂から出てきてしゃべらはる、て書いてますねん。

んなことあるわけないやろ。夢見とったんか、妄想狂やないかと思うて、眉にツバ付けながら読んどったんですけど、なんべんも読んでるうちに、ひょっとしたらホンマの話やないやろか、て思うようになったんですわ。

へ？　狐か狸《たぬき》に化かされてたんやろ、てでっか？　そうかもしれまへん。けど、ほれ、あのUFOと一緒で、なんぞの間違いやろ思いながら、もしもほんまに居ったらオモロイなぁと思いますがな。

そんなこんなの『小鍋茶屋の大福帳』。創作落語に仕立てる前に、まずは小説にしてみましたんや。

落語はヘタかもしれまへんけど、小説にはちょっとだけ自信ありますねん。まぁだまされた思うて読んでみとぉくれやす。おもろいでっせ。

1　清壽庵

真宗仏光寺派の本山『佛光寺』は京の街の真ん中にありながら、閑静な雰囲気を漂わせている。参拝客は絶えることなく訪れるのだが、伸びやかな境内と堂々たる伽藍《がらん》が、人の気配を覆い隠しているのかもしれない。

いっぽうでそのすぐ北側に建つ『清壽庵』はと言えば、参拝客もまばらで人影を見ることはほとんどない。ただ昼どきを除いては、なのだが。

さして広くない境内の一角には茶店が建っていて、その店先で昼どきだけ売られるおにぎりは評判が評判を呼び、それを買い求めようとする客が、毎日のように長い列を作る。

行列の先には緋毛氈を敷いた床几が置かれていて、その横に立っておにぎりを売っているのが、月岡サヨである。

『清壽庵』には遅咲きの八重桜が二本植わっていて、一本はすでにすべて花を落としているが、もう一本のほうは、芳しい香りを放ちながら、わずかながらまだ桃色の花を開いている。

「クマさん、久しぶりやねぇ。どないしてたん？　春風邪でも引いてはるんと違うかなぁて心配してたんえ」

「病気は病気でも金欠病に罹《かか》っとったんや。不景気で普請する人がおらんさかいに、仕事がめっきり減ってしもうてなぁ」

「そうやったんや。今日はふた組でええんですか？」

「今日のおにぎりは何が入っとるんや？」

懐手をして大工のクマが訊いた。

「今日はねぇ、いつもの梅干しがのうて鰻の蒲焼《かばやき》と鮭《さけ》の塩焼の二種類やさかいお買い得やと思いますえ」

「そらエライ贅沢《ぜいたく》な具ぅやなぁ。三組もろとこか」

「おおきに。ほなこれ。三十文いただきます」

「ええ匂いしとるなぁ」

代金を支払い、おにぎりの包みを受けとったクマは鼻にくっつけて、うっとりと目を閉じている。

「買うたら、さっさと帰りぃな。ようけ待っとるんやさかいに」

クマのすぐうしろに並ぶ年輩の女性が文句を言った。

「なんや、お松のおばはんかいな。そない急がいでも、すぐに帰るがな。いらついとったら、またしわが増えるで」

切り返してクマが列から離れた。

「ほんまに憎まれ口ばっかりたたいてからに」

鼻息を荒くした松は、振り向いてクマの背中をにらみつけた。

「どっちもどっちやないですか。お松さんとこはなん組しましょ」

サヨが訊いた。

「うちはひと組でええ。じいさんは食欲がないたら言うて、寝とるだけやさかい」

「だいじにしたげんとあきまへんえ。悪い風邪が流行ってるみたいやし」

言いながらサヨがおにぎりを手渡すと、松が十文を差しだした。

「金がないさかいにふて寝しとるだけやねん。金がないのは首がないのも一緒やで。サヨちゃんもしっかりお金貯《た》めときや」

「おおきに。貯める間ぁものうて、すぐに飛んで行くさかいに、お足て言うんやて父からよう聞かされました。また来てくださいねぇ」

サヨは次の客を見て、さっと顔を引きしめた。

五尺五寸以上はあろうかという背丈の侍は、長い髪を後ろに束ね、広い額を白く光らせている。鋭いようなやさしいような、不思議な目つきをした伊達《だて》男である。

「評判を聞いて初めて来たのだが、買い方がよくわからん」

「うちはおにぎりを二個ひと組、十文で売らせてもろてます。ようけの人に食べてもらいたいんで、おひとりさま三組まででお願いしてます」

「ならば三組もらおう」

「承知しました」

素早くおにぎりを三組包んで手渡すと、侍がサヨの耳元に口を寄せた。

「なんですのん」

驚いてサヨがのけぞると、侍は唇の前に人差し指をまっすぐ立てた。

「大きな声を出すな。『菊屋旅館』のフジさんから聞いて来たのだ」

「そうやったんですか。いきなりやさかい、びっくりしましたがな」

サヨが小声で返した。

「晩飯を食わせてくれると聞いたんだが、三日後でもかまわんか」

「へえ。大丈夫ですけど、何人でお越しになります？」

「わしともうひとりじゃ」

「なんぞ食べたいもんでもありますのんか？」

「鍋料理が得意だと聞いておるのだが、鰻の鍋も作れるか？」

「鰻ですか。作ったことはおへんけど、なんとかやってみます」

「かたじけない。金子《きんす》は弾むから旨い鰻を用意してくれ」

「弾むて言うてもろても、夜はおひとり五百文て決まってますさかい」

「そうかたいことを言わなくてもよい。わしは旨いもんには金は惜しまんのだ」

「どなたはんでも特別なことはできしまへん。そのつもりで来とぉくれやす。ちゃんと美味しいもんをお出しします」

「フジさんの言うとおり、頑固なおなごじゃの。まぁええ。よろしく頼んだぞ」

侍は三十文をサヨの手に握らせた。

「ひとつだけ聞かせてください」

手のひらの銭を目で数えてからサヨが訊いた。

「なんじゃ？」

「お侍さんの干支はなんです？」

「干支？　おかしなことを訊くな。わしは未年の生まれだ。それがどうかしたか」

「いえ、こっちの話です。また未かぁ」

「なにか言ったか？」

「なんにも言うてしまへん。ほなら三日後にお待ちしとります。そのときはこの札をお持ちください」

未の絵が描かれた札をサヨが手渡した。

「請け札というわけだな。承知した」

侍は絵札を懐に仕舞う。

「ほな、日が暮れたころにお越しください」

両手を膝の前で揃《そろ》えて、サヨが頭を下げた。


お侍はんが不思議に思わはるのも無理はおへん。なんで客の干支を訊かんとあかんのか。

それが実は妙見さんにつながりますねん。

今でこそ『清壽庵』の境内で茶店を開いとるサヨでっけど、近江草津から京の街へ出てきてしばらくは、『清水寺』の境内にある茶店で下働きをしとったんです。

あるときサヨが『清水寺』の近くを歩いとると、『日體寺』っちゅう寺のお堂から、なんと妙見菩薩はんがお出ましになったんやそうです。うそやろ。誰でもそう思います。仏像が歩いたりするかいな。そう言いたいやろ思いまっけど、ここはちょっと辛抱してですな、話の続きを聞いとぉくれやす。

『日體寺』の妙見さんがサヨにこう言うたんやそうです。客の干支を訊いて、その干支の妙見さんにお参りしたら、きっとええ知恵を授けてくれるはずや。それを料理に生かしなはれと。

京都の妙見さんやさかいかしらんけど、言葉も京都ふうですな。

その言いつけをちゃんとサヨは守っとるんです。

偶然や思いますけど、この前の土佐のお侍さんも未年の生まれどしたんや。おんなじ妙見さんやさかい、授けはる知恵も一緒と違うんやろか。それやったらわざわざ行かんでもええように思うんですが、そこはやっぱりまじめなサヨのこってすさかい、律儀にお参りに行っとります。

未の妙見さんは『法華寺』というお寺に居てはります。今はその『法華寺』は島原にあるんでっけど、幕末のころは『東寺』のほん近所にあったみたいです。

『清壽庵』っちゅうお寺は、今の仏光寺通と高倉通が交わる辺りにあったみたいですんで、直線距離でも二キロ半ほどあります。往復で五キロとして、なんやかやで一時間以上は掛かりまっしゃろな。

文久三年の三月の日付になっとります。鰻鍋を食いたいっちゅう未年の侍がおにぎりを買いに来た、この日の夜は客を取っとりまへなんだ。昼の仕事を済ませて、翌日の仕込みをする前にサヨは『法華寺』へお参りに行きましたんや。


陽が傾きはじめた。

わき目もふらず、ひたすら未の妙見を目指して早足で歩くサヨは、額に薄らと汗をかいている。

八条大路から『法華寺』の境内に入り、本堂の前に立ったサヨは大きく肩で息をしてから、両手を合わせて目を閉じた。

「未の妙見さん、この前はありがとうございました。おかげさんで土佐のお侍さんもえろう喜んでくれはりました。今度もまた未年生まれのお侍さんが食べに来はります。あんじょうお頼もうします」

サヨが祈りを捧げてしばらくすると、お堂の奥から物音が聞こえてきた。身体をかたくしたサヨは、息をひそめて薄目を開けた。

「そうか。喜んでもろたか。そらぁ何よりや」

妙見菩薩はサヨの真ん前に、あぐらをかいて座りこんだ。

「今度はお言葉からはたぶん東のほうのおかたがおこしになります」

「東のほうか。それやったら卯《う》やなぁ。ということは木や。未は土。木と土をうまいこと使うたらええということだけ覚えとき。ほんで鹿ケ谷《ししがたに》に居る〈卯の妙見〉にもお参りしとき。なんぞええ知恵を授けてくれるかもしれん。早いうちに行っときや」

「はい」

答えたものの鹿ケ谷がどこにあるのかもサヨには見当もつかない。場所を訊ねようと目を開くと、もう妙見はもとの位置に戻り、ぴくりとも動かなくなっていた。

急ぎ足で店に戻ったサヨは、すぐさま『清壽庵』の庫裏《くり》に居る宗和を訪ねた。

「サヨがこんな時間に来るやなんて珍しいな。雪でも降るんやないか」

藍色の作務衣《さむえ》姿で宗和が迎えた。

「和尚はんにお訊ねしたいことがあって参りました」

「なんやしらんが、まぁ茶の一服でも飲んでからにしなされ。ちょうど今、茶を点《た》てようと思うてたとこじゃ」

宗和はサヨを座敷へ招き入れ、座布団をすすめた。

「おおきに。ありがたいことやけど、ちょっと急いでますねん」

「急《せ》いては事を仕損じる。喫茶去《きっさこ》っちゅう言葉もあるくらいや。そない時間は掛からん」

茶入を手にした宗和が、茶杓《ちゃしゃく》で楽茶碗《ぢゃわん》に茶を入れた。

「作法知らずやさかいかんにんしとぅくれやすな」

正座してサヨが身がまえる。

「作法てなもんは気にせんでええ。茶はゆっくり味おうて飲むのが一番や」

釜から湯を注いだ宗和は茶筅《ちゃせん》を取った。

慣れた手つきで茶を点てる宗和は、丸い笑顔を浮かべながらも、まなざしは鋭い。

床の間に目を遣《や》ると、縦に五文字並んだ掛け軸が掛かっている。

「お訊ねしたいことがもうひとつ増えました」

「なんや。言うてみい」

宗和が畳の上に茶筅を置いた。

「あのお軸にはなんて書いたぁるんです？」

サヨが指さすほうに宗和が身体の向きを変えた。

「白珪尚可磨。はっけいなおみがくべしと読んでな、どんな立派なもんでも、とことん磨き続けんとあかん、っちゅう意味や」

「はっけいなおみがくべし。なんとのうわかります。ええこと教えてもらいました」

「剣術の達人でも、常に腕を磨いとかんとにぶる。サヨの料理もそうやで」

宗和は縁外《へりそと》に楽茶碗を置いた。

茶の作法に疎いサヨでも、それが茶碗を取りにいく合図だということくらいは知っている。

片膝をついて立ち上がったサヨは、楽茶碗の前で正座した。

「うっかり菓子を忘れとった。サヨ、ちょっと待て。さくら餅を先に食わんといかん」

慌てて立ち上がった宗和は、水屋から黒漆の重箱を取りだし、サヨの前に置いた。

「さくら餅は大好物ですねん」

サヨが重箱のなかを覗きこむ。

「『鍵善良房《かぎぜんよしふさ》』はんの菓子は旨いんやで」

宗和は箸でさくら餅を取り、懐紙の上に載せた。

「ほんまに美味しそうどすなぁ」

舌なめずりしながら、サヨは菓子を手のひらに載せ、席に戻った。

「茶が冷めてしまうさかい、これはわしが飲んどく。菓子を食い終わったころに、サヨの分はもう一服点てるわ」

「えらい気ぃ遣うてもろてすんまへん」

黒文字で半分に切って口に運ぶ。

「桜の葉っぱごと食うたほうが旨いで」

茶を飲み切って、宗和が横目で見た。

「食べてもええんですか？　行儀悪いかなぁと思うたんですけど」

「たとえ葉っぱでも、出されたもんを残すほうが行儀悪い。冥加《みょうが》に悪い、っちゅうやつやがな」

宗和が二服目の茶を点てはじめた。

「冥加てあのミョウガのことですか？」

口をもごつかせながらサヨが訊いた。

「食べるほうのミョウガと違うがな。冥加と言うのは、神仏の加護のこと。ものを粗末にしたら仏の加護を受けられんぞ、という話や」

宗和が楽茶碗を縁外に置いた。

「また勉強さしてもらいました。和尚はんとこへ寄せてもろたら、いろんなこと教わってありがたいことや思うてます。その上にこない美味しいお菓子やらお茶をいただいて」

畳に両手を突いてサヨが頭を深く下げた。

「それはなぁ、サヨに徳があるさかいや。徳というもんは積み重ねんならん。サヨの親御はんやとかご先祖さんが、長いあいだ掛かって積んで来はった徳を、サヨが授かっとるんやで。感謝せんとあかん」

楽茶碗を両手に持って、サヨがもう一度頭を下げた。

席に戻ってサヨは、うろ覚えの作法にのっとり、ぎこちない所作ながら、なんとか一服の茶を飲み終えた。

「もう一服どないや?」

宗和が問う。

「充分でございます」

お代わりを訊ねられたら、そう言って辞退するのが常道だと教えてくれたのは、伏見にある『菊屋旅館』の中村フジだ。

「ところで、わしに訊ねたいことがあるて言うとったんは、なんのことや」

釜から上る湯気を見ながら宗和が訊いた。

「うっかり忘れるとこやった。〈卯の妙見〉さんにお参りしよう思うてるんですけど、どこにあるんどす？」

「〈卯の妙見〉？　はて、どこやったかいなぁ」

「鹿ケ谷にあるて言うてはったんどすけど」

「鹿ケ谷やったら『霊鑑寺《れいかんじ》』さんや。そや、間違いない」

柄杓《ひしゃく》を置いて宗和が膝を打った。

「『霊鑑寺』はん。聞いたことおへんなぁ」

立ち上がって、サヨが茶碗を返した。

「うちみたいな寺と違うて、由緒正しいお寺はんやさかい、失礼のないようにな」

宗和が袱紗《ふくさ》を腰に着けた。

「そんなん言われたら緊張しますやんか。どないしたらええんです？」

「後水尾天皇《ごみずのおてんのう》はんが開かはった門跡《もんぜき》さんや。谷の御所て言われてるくらい、格式の高いお寺なんやで」

「門跡さんてなんですの？」

釜を前にした宗和と縁をはさんで、サヨは問いを続ける。

「門跡はんて言うたら、天皇さんの親戚やとか、やんごとないおかたがお住持をしてはる寺のことや」

「そんなお寺に、うちみたいなもんがお参りしてもええんどすか？」

「参るのはええんやが、身なりもちゃんとしていかんと入れてもらえんで。っちゅうのは冗談やが」

宗和が満面の笑みをサヨに向けた。

「冗談ですかいな。一張羅を引っ張りださんならんかて思いましたがな」

サヨがすとんと肩を落とした。

「ここから『霊鑑寺』はんまでは一里以上はある。早いこと行かんと日が暮れてまうで」

宗和は楽茶碗に柄杓で湯を注いだ。

「ほな、よばれ立ちで失礼します」

サヨが腰を上げた。


和尚が引きとめたさかいに遅ぅなったんやんか。そう言いたい気持ちをぐっと抑えてサヨは鹿ケ谷へ急ぎます。

鹿ケ谷っちゅうくらいでっさかい、鹿やとか猪《いのしし》が居ったんですやろな。『霊鑑寺』っちゅうお寺は、大文字の送り火で有名な如意岳《にょいがだけ》のふもとにあります。街の真ん中て言うてもええ『清壽庵』からはけっこうな道のりです。和尚が言うとる一里いうのは直線距離ですわ。

幕末のころと今とでは、そない道は変わってしまへん。四条通をまっすぐ東に向こうて四条橋をわたったら、白川沿いに北へ向こうたんですやろな。若い言うても女性でっさかい、片道一時間はゆうに掛かります。

ようやく『霊鑑寺』はんまでたどり着いたサヨは、息つく間ぁものう、妙見さんを捜しますねんけど、なかなか見つかりまへん。

息を切らせながら石段を駆け上がって、一礼してから山門をくぐって、辺りを見まわしてもそれらしいお堂は見当たりまへん。

わしも最近になって妙見さんを巡ってて、ようわかったんでっけど、妙見さんは、そないメジャーな存在やないんですな。ご本尊やないさかいに、本堂にはやはりまへん。どこにおいやすかて言うたら、境内の隅っこのほうの、小さいお堂にやはるんですわ。

『霊鑑寺』っちゅうお寺は、さいぜんも言いましたけど、東山三十六峰のふもとにありまっさかい、山を切り開いて建てられてます。当たり前やけど参道は上り坂ですわ。

一里以上も歩いて来て、まだ坂を上らんならん思うたらうんざりしまっせ。

サヨもやっと見つけよったみたいで、ハアハア言いながら手を合わせ、目を固ぅ閉じて、妙見堂の前で一心に祈りを捧げとります。

と、なんや妙見堂の奥から、ゴソゴソッ、っちゅう音がしてきました。さては妙見さんのお出ましかと、サヨは身を固ぅして、きつう目を閉じてます。

2　鹿ケ谷から鞍馬《くらま》へ

「お前がサヨか」

堂の奥からくぐもった声が聞こえてきた。

「へえ。月岡サヨと申します」

「話は『法華寺』のほうから聞いとる。卯のほうからの客人を相手にするんやそうやな」

「ようご存じで。そのとおりどす」

「それなら木を用いよ」

声はすれども姿は現さず。これまでの妙見とは少し様子が違うことにサヨはいくぶん戸惑いながらも素直に従うことにした。

「わかりました。けど木て言うてもいろいろあります。どんな木を使うたらええんですか」

薄目を開けてみると、暗くて狭い堂のなかでふたつの目がきらりと光り、思わずサヨは再び目を閉じた。

「サヨは五行というものを知っておるか」

「五行？　あいにく存じあげまへん」

サヨが首を垂れる。

「詳しいに話しだしたらキリがないんやが、木《き》ぃと火《ひ》ぃと土《つち》と金《かね》と水《みず》。木火土金水《もっかどごんすい》、この五つの行で世のなかが出来とるということだけ覚えといたらええ。その五つのうちの木を使えと言うとるんや。木の行っちゅうのはな、木だけやない。花や葉っぱ、実が幹を覆うとる立木のことや。それを按配よう使えて言うとる」

「花や葉っぱや実ぃですか。ようわかりました。おおきに、ありがとうございます」

またゴソゴソッとお堂のなかに音が響き、やがて何ごともなかったように静かになった。

木、花、葉っぱ、実。鰻料理にどう使えばいいのだろうか。この前は器で土と金を使ってうまくいったが、今回もおなじ手を使うわけにはいかない。

あれこれ迷いながらの帰り路《かえみち》。四条橋をわたったサヨは錦小路の『杉源』を訪ねることにした。

『杉源』は川魚と乾物を主に商いながら、客の求めに応じて、海産物も仕入れてくれるという便利な店で、サヨは食材の多くをこの『杉源』から仕入れている。加えて店主の杉田源治は中村フジの紹介だったこともあり、何かとサヨの面倒をみてくれる、よき相談相手なのでもある。

四条通のひと筋北の錦小路は、狭い通りの両側に、食にまつわる店がびっしりと軒を連ねている通りだ。

目指す『杉源』はその錦小路のちょうど中ほどにあるが、夕刻ともなれば、ほとんど人通りもなく、店先には人影もない。

「源さん、すんまへん。おいやすか」

サヨが店の奥に向かって声を上げた。

「なんや、サヨやないか。どないしたんや、こんな時間に」

奥から出てきて、源治がいぶかしげに眉根を上げた。

「お願いがあって参りましたんや」

「わざわざ来てくれいでも、明日の朝にかつお節を配達しようと思うとったんやが」

「気持ちが急《せ》いてしもうて」

「こんなとこやけど、腰かけえな」

源治は店先の木箱を縦にしてサヨにすすめた。

「おおきに。お願いに上がったんはほかでもおへん。ええ鰻を入れて欲しいんです」

木箱の据わりをたしかめながら、サヨが軽く腰をおろした。

「鰻ならお手のもんや。近江のほうから仕入れとく。けど、三日前にも持って行ったとこやないか」

「あれは蒲焼にしておにぎりの具にしましたんやけど、もうぜんぶ売り切れてしまいました」

「ということは、今度は夜のお客やな。どれぐらい要り用や?」

「そうどすなぁ、大きさにもよりますけど、ふたり分やさかい三匹でどうですやろ」

「客はふたりか。やっぱり鍋にするんやろ」

源治が懐からキセルを出して火を点けた。

「鰻の鍋が食べたいて言うとぉいやすねん」

「どんな鍋にするつもりや」

「まだ決めてしまへん」

「どこのお客や？」

源治が灰を床に落とした。

「訊いたわけやおへんけど、お言葉からしてお江戸か東のほうのおかたやないかと」

「それやと濃いめの味にせんとあかんな」

「うちもそう思うてるんでっけど、もうひとつ源さんにお願いがありますｊ」

「なんや。むずかしい話と違うやろな」

「ちょっとむずかしい話かもしれまへん」

サヨは鹿ケ谷の妙見から聞いた話をそのまま伝えた。

「わしもいっぺん、その妙見はんに会うてみたいもんやが」

源治が苦笑いして続ける。

「花に葉っぱに実ぃてかいな。謎かけみたいな話やな。壺にでも入れて飾るくらいしか思い付かん」

仁王立ちした源治は、腕組みをして店の天井をにらみつけている。

「そうですやろ。葉っぱやとか実ぃはともかく、花をどないして料理に使うたらええのか」

サヨは木箱に腰かけたまま、源治とおなじように腕組みをする。

「鰻を届けるまでに、なんぞ思い付いたら言うてやるけど、あんまり期待せんほうがええ」

源治がキセルを仕舞った。

鰻の仕入れについては目途は立ったが、鹿ヶ谷の妙見から与えられた宿題は、まったく答えが見えない。

がらんとした錦小路をとぼとぼと歩くサヨは、後ろから肩を叩かれて、思わず飛びあがった。

「おにぎり屋のサヨちゃんやないの。どないしたん。こないな時間に錦小路来ても、なんにも買えしまへんえ」

サヨは口をあんぐりと開けたまま、呆然と立ちつくしている。

「『大村屋』はんのお嬢さん……」

京都一とも称される料亭、『大村屋』の跡継ぎ長女の秀乃は、名料理人の誉れ高く、京の都はおろか、秀乃の料理目当ての客は、江戸からも訪れると言う。

「うちのことを知ってるんやね」

秀乃が薄ら笑いした。

「よう存じ上げてます」

サヨは深く腰を折った。

「うちもあんたのことは、ようよう知ってるえ。鍋料理が自慢やそうやないの。どないな鍋を出してるんか、いっぺん食べに行こう思うてるんやわ」

「冗談は言わんといてください。『大村屋』はんのお嬢さんに食べてもらえるようなもんと違います」

「口ではそう言うてても、ほかには負けへん料理を出してる、そうあんたの顔に書いてあるわ」

サヨの顔を指さして秀乃が高笑いすると、取り巻きの連中もつられて笑った。

「お嬢さん、こんな小娘、相手にせんときなはれ」

番頭らしき男が秀乃の袖を引いた。

「いっぺんうちの料理食べに来たらどない？　お招きしまっせ」

鼻を高くした秀乃は、不敵な笑みをサヨに向けた。

「おおきに。ありがとうございます。『大村屋』はんの値打ちがちゃんとわかるようになったら、お邪魔させてもらいますよって、そのときはどうぞよろしゅうに」

サヨもおなじような笑みを浮かべ、わざとらしく頭を下げた。

「首を長ぅして待ってますえ」

捨て台詞《すぜりふ》を残し、取り巻きに囲まれて秀乃が去っていった。

「サヨちゃんのことが、よっぽど気になるんやなぁ」

声のほうを振り返ると『三浦屋』の半吉が立っていた。

「半吉はん。そこにおいやしたんですか。びっくりしますやんか」

「店に戻ろうと思うてたら、なんや賑《にぎ》やかやさかい戻ってきたんやがな」

風呂敷包みを両手で抱えた半吉が、顎の先で店を指した。

「大店のお嬢さんに気に掛けてもろて、ありがたいことやと思わんとあきまへんのやろな」

「そういうことや。毒にも薬にもならんようなもんやったら、向こうも相手にせんやろ。サヨちゃんに負けとうないて、きっと秀乃はんは思うてはる」

「よう言わはるわ。『大村屋』はんとうちの店がおなじ土俵に上れるわけおへんやんか」

「店やない。人の話や。サヨちゃんの評判があっちゃこっちゃから、秀乃はんの耳に入っとるんやろ。大店のお嬢さんは負けず嫌いて相場が決まっとる。おんなじ京都のなかで自分以外に、評判のええ女料理人がおることが、我慢ならんのやろな」

「うちらの店とはお客さんの筋もぜんぜん違いますし、勝負になりまへんがな」

「せやからなんべんも言うてるがな。店やのうて人やて。ここの話をしとるんや」

半吉は右手で作ったこぶしを、二、三度、左腕に叩きつけた。

「そない言うてもらうのは嬉《うれ》しいんでっけど」

サヨがはにかみながら半吉が持つ風呂敷包みに目を留めた。

「これか？　フジさんの注文で窯元に焼いてもろうた京焼の皿や。勉強のためにちょっと見てみるか」

店の前に置かれた床几で、半吉は風呂敷の包みを解きはじめた。

「フジさんとこでは注文してお皿を焼いてもらわはるんですか」

サヨは興味深げに半吉の手元を覗きこんでいる。

「そのうちサヨちゃんもそうなるわ。料理を極めていくとな、それに合うた器を欲しいなるんや。探してもなかったら作らなしゃあないがな」

真田紐《さなだひも》を解いて、半吉が桐《きり》箱から取りだしたのは色絵が施された小鉢だった。

「いやぁーきれいな器やこと。さすがフジさんどすなぁ。けど高《たこ》おすんやろ？」

「そやなぁ、サヨちゃんが売ってるおにぎり百組では買えんぐらいやな」

半吉の言葉に、サヨは両手の指を折って、素っ頓狂な声を上げた。

「ひえーっ。そないしますのんか。うちでは絶対に使えしまへんわ」

「みな最初はそうや。それがだんだん変わってくる。料理の腕が上がれば上がるほど、それにつろくする器を欲しいなる。腕利きの料理人はみなそうや。その思いを叶《かな》えてやるのも女将やら主人の仕事」

半吉が小鉢をていねいに包みはじめる。

「すんまへん。半吉はん。もういっぺんその小鉢見せてもらえますか」

「買うてくれるんやったら、特別に安ぅしとくで」

半吉が小鉢をサヨに手渡した。

「これてなんの柄どす？」

「なんや。わからんとほめとったんかい。これにはなぁ〈春の息吹〉という銘が付いとるんや。て言うたら、なんの絵かわかるやろ」

「枝に付いてる緑の葉っぱ。なんの木ぃかはわかりまへん」

「山椒《さんしょう》の木やがな。京都は山椒の木と一緒に季節が変わるんや。春になったら葉っぱが出てきて、春が終わるころに花が咲く。そのあとに実が生《な》る。どれも京都の料理には欠かせんもんやで」

「すんまへん。なんにも知らんと。葉っぱやとか実ぃはよう使いますけど、花は使うたことおへん」

「山椒の花は期間が短いのと、雄花しか食べられんさかいな」

「そうどしたんか。まだまだ知らんことがぎょうさんおすわ」

「しっかり勉強して、秀乃はんに負けんようにせんとな」

「またその話ですかいな」

サヨはうんざりしたように小鼻を曲げた。

「それだけ期待してるということやがな」

「ほんで、その山椒の花はどこで売ってますのん？」

サヨが話を本筋に戻した。

「そうやなぁ。ここらの八百屋でも売っとるやろけど、あほみたいに高い値段で取引されとる。『大村屋』みたいな料亭ならともかく、サヨちゃんとこはテコに合わんやろ」

「そんなん言われたら、ますます使うてみとうなります」

「北のほうに鞍馬ていう里があるんやが知ってるか？」

「聞いたことあります。天狗《てんぐ》が住んでる山と違いましたかいな」

「そうや。その鞍馬は山椒の産地やねん。山椒の実を使うた煮ものを鞍馬煮て言うやろ？」

「鞍馬煮の鞍馬て、あの鞍馬山のことを言うてたんですか?」

「知らんと使うてたんかいな。しっかり勉強しいや」

「鞍馬まで行ったら買えるんですやろか」

「そこまではわからん。街なかみたいに、ようけ八百屋があるわけないやろし。天狗に頼んで採ってきてもらうしかないで」

「そんな冗談言うてんと教えてください」

サヨがむくれ顔を作る。

「そない言われてもなぁ」

半吉が戸惑い顔を返した。

「すんまへん。半吉はんは八百屋やのうて器屋はんですもんな。とにかく明日にでも鞍馬へ行ってみますわ」

「無茶しんようにな。天狗にさらわれたらあかんで」

「天狗はんにもいっぺん会うてみたいもんどす」

言い残して、サヨは駆け足で錦小路から南に下って行った。


というわけで、早速次の日にサヨは鞍馬の里を訪ねとります。行ってみんと気が済みまへんのやろな。行動派っちゅうやつですわ。当然おにぎり屋は臨時休業です。店先に貼り紙して鴨川沿いに北へ急ぎます。

『清壽庵』から鞍馬まで、どれぐらいの距離があるかと言いますと、これが五里近ぅあります。それも山道でっせ。若い女の子が歩いて行くっちゅうんやさかい、無謀やと思います。途中で山賊でも出てきたらどないするんやろ、とハラハラしながら読んだんでっけど、案外すんなり鞍馬までたどり着いたようです。

案ずるより産むが易《やす》し、てこないなときに使うてええ言葉でしたかいな。サヨが強運の持ち主やったんかもしれまへんが、鞍馬に着いてすぐ、手掛かりをつかんどります。

今でも鞍馬のシンボルとも言える『鞍馬寺』の門前で、佃煮《つくだに》を売ってる店を見つけよりました。

「すんまへん。ちょっとお訊ねしますけど、この辺で山椒の花を売ってはる店ありませんやろか」

佃煮屋に入るなり、サヨは店主とおぼしき白髪の男性に訊いた。

「山椒の花は今はどうやろなぁ。実を売ってくれる人ならすぐ近所におるけど。訊ねたげよか」

店番をしていた男性は立ち上がって店の外へサヨを案内した。

「えらいすんまへん」

「わざわざ山椒の花を探しに来たんか。物好きなおなごやな」

男性が参道を歩きだした。

「へえ。どうしても料理に使いとうなって」

「どこから来たんや」

「四条のほうからどす」

「そらまぁ、えらい遠いとっから。ご苦労なこっちゃな」

歩いて五軒隣の家の前で男性が、大きな声を上げた。

「トメさん。おるか？　わしや。善三《ぜんぞう》や。おったら出てきてくれ」

すぐに引き戸が開き、トメと呼ばれた老婆が出てきた。

「そない大きな声出さんでも聞こえとる。小さな家やさかい。なんや、そのべっぴんさんは。そんな若いおなごを後添えにしたら早死にするで」

「相変わらず余計な減らず口たたく婆《ばあ》さんやな。そんなんと違う。都のほうから山椒の花を探しに来たらしいんや。どや。裏山の木に花は咲いとらんか」

「突然でえらいすんまへん。四条のほうで料理屋をしてる月岡サヨと言います。鞍馬のほうに山椒の花があるんやないかと聞いて、うちの料理に使いとうて来ました」

サヨがトメに向き直って背筋を伸ばした。

「そうやったんかいな。実がなるまではほったらかしにしとるさかい、花が付いとるかどうかわからん。裏の山を見といで。笊とハサミを貸したるさかいに、花が付いとったら、好きなだけ摘んでいったらええ」

ぶっきらぼうに言って、トメがサヨに笊とハサミを渡した。

「わしが付いていったるさかい心配要らん」

善三は勝手知ったる家とばかり、裏の木戸を開けて出て行った。

「あのじいさんはもうろくしとる割に手グセが悪いさかいに気ぃ付けや」

トメがサヨの耳元でささやいた。

夜の店をひとりで切り盛りし、酒に酔った客の相手をするサヨにとっては、なんの不安もない。そんなことより待望の花山椒に出会えるかと思えば、心は浮き立つばかりだ。

「善三さん、ちょっと待ってくださいな」

裏山の藪《やぶ》の間を善三は足早に上っている。

「おお。ようけ花が咲いとるで。早ぅ来てみ」

善三が高い声を裏山に響かせる。

「これが山椒の花ですか。咲いてるのを見るのは初めてです」

息を切らせて追いついたサヨが、きらきらと目を輝かせた。

「わしもこないようけ咲いとるのを見るのは初めてじゃ」

サヨからハサミを取って、善三が花山椒を摘みはじめる。

「ええ匂いやこと」

サヨがうっとりと目を閉じると、善三が顔を近づけてきた。

「枝の棘《とげ》に気ぃつけや。わしももろていって佃煮にしよ」

「美味しいんですやろね」

サヨは顔をひきつらせながら後ずさりした。

たくさん摘んだつもりだったが、笊に並べてみるとたいしたかさではない。

「葉っぱも一緒に摘まんとあかんがな。出てきたとこの小さい芽は香りも強いし、辛みも強い。なんちゅうても見た目がええがな。わしはこれを猪鍋《しし》に山盛り入れて食うんやが、ほら精が付くで」

善三は脂ぎった顔をほころばせた。

「猪鍋て、この辺は猪も獲れるんですか」

「ほれ。そこに竹で編んだ柵がこしらえたあるやろ。あれは猪除《よ》けや。もうちょっと上のほうには罠《わな》も仕掛けたある」

善三が裏山の高みを指さした。

「怖いことおへんのか。猪は暴れますやろ」

「この辺には山猟師もようけおってな。一発で仕留めてくれよるさかい心配は要らん。あとはさばいて食うだけよ」

「善三さんも自分でさばかはるんですか？」

サヨが眉をひそめた。

「ここらに住んどるもんは、猪でも鹿でもさばけんと生きていけん。鹿も猪も都の料亭に持って行ったら高ぅで買うてくれよる」

「そういうことやったんですか」

「この花山椒もおんなじやで。いつやったか『祇園社《ぎおんしゃ》』の近所で料亭しとるという、若い女将が来よってな、この辺の花山椒を根こそぎ買い占めていきよった。あれからや。ここらのもんが花山椒を金銀財宝みたいに言いだしよったんは」

「ひょっとして『大村屋』はんと違いますか？」

「なんや、そんなような名前やったような気もするけんど、よう覚えとらん」

「その女将さんは今でも花山椒を買いに来はるんですか？」

「それから一、二度買いに来よったが、それからはさっぱりや。なんでも摂津の国の有馬《ありま》まで買いに行っとるそうや。向こうのほうがうんと安いさかいな」

「ここのは高いんですか？」

サヨが善三の顔を覗きこんだ。

「おまはん、料理屋て言うとったけんど、ひとりいくらぐらい取っとるんや」

「うちはおにぎりだけを売ってるんです。二個ひと組で十文で買うてもろてます」

「なんや。おにぎり屋かいな。ほなら安ぅに買えるようにわしからトメに言うたる」

「おおきに。ありがとうございます」

若い女性の頼みで力が入ったのか、善三は次々と山椒の木にハサミを入れ、笊いっぱいの花山椒を摘みとった。

「トメさん、この子はおにぎり屋らしいんや。安ぅしといたってや」

夜の店のことを話さずによかったとサヨはホッと胸を撫でおろしながらも、少しばかり胸を痛めた。

善三のおかげで、花山椒と葉山椒を格安で手に入れたサヨは、意気揚々と山道を下り、一目散に『清壽庵』へと向かう。右手に持つ風呂敷包みからは、強烈な山椒の香りが漂ってくる。

そう言えば、鰻の蒲焼には粉山椒が欠かせないことを思いだした。となれば当然のことながら鰻鍋に花山椒は相性がいいはずだ。

どう料理に生かそうかと思いを巡らすサヨは足取りも軽やかに鞍馬の山をあとにした。


どんなことでも、やっぱり現場に足を運ばなあきまへんな。ずぼらしとったんでは、なんにも手に入りまへん。

なんでもかんでもワンクリックで注文して届けてもろてる身ぃとしては、大いに反省しとります。

それはさておき、京都人の山椒好きは今にはじまったもんやないんですな。洛北《らくほく》鞍馬が山椒の名産地やいうことは聞いてましたけど、このころから有名料亭の料理人は、直接買い付けに行って花山椒を買い占めとったんですな。

花山椒、知ってはりまっか？　春先のわずかの時季しか出回りまへんけど、超が付くような高級食材で、我々庶民の口には入りまへん。京都だけやのうて、東京の高級割烹《かっぽう》や料亭では競うてこれを使うんやそうです。

わしもいっぺんだけ食べたことあるんでっけど、花っちゅうてもホンマに小さいもんでっせ。プチプチした芽というか実というか、まるで食べ応えのないもんです。

これをどないして食うかて言うたら、牛肉の鍋に入れるんやそうです。すき焼ふうの味付けした鍋にどっさり入れるとお大尽気分が味わえるらしおす。松茸《まつたけ》やトリュフなんぞ足元にも寄れんくらい高価な料理になるんやそうですさかい、世のなか物好きな人が多いんですな。

けどそれはむかしも変わらんようで、祇園の高級料亭ともなると、わざわざ今の兵庫県の有馬まで買い付けに行っとった、っちゅうんやから今とそっくりです。

運よう花山椒を手に入れたサヨは、そんな貴重なもんを鰻鍋にどないして使いよるんか、お手並み拝見というやつですな。

ふたりのお侍はんが『小鍋茶屋』へ晩飯を食いに来たんは文久三年の三月十三日やと書いたぁるさかい、今の暦で言うたら五月の末ごろのことですやろな。朝晩はまだ冷え込んで、鍋が美味しい季節ですわ。サヨが描いとるお月さんの挿絵も十三夜みたいです。

3　小鍋茶屋

冬のあいだは日暮れが早かったせいか、暗くなるのがずいぶんと遅いように思える。障子を通して差し込む陽の光は、『小鍋茶屋』の一番奥に鎮座する竈まで届いている。

たっぷり水を張った鉄鍋を竈の火に掛け、サヨは利尻の昆布をそっと沈めた。

鰻を焼かずに鍋に入れるか、焼いてから入れるか。ギリギリまで迷っていたが、結局は焼くことにした。

炭を入れた焜炉《こんろ》に焼網を載せ、開いた鰻を鉄串に刺して焼く。

そのまま蒲焼にして食べるときは、高温で一気に焼き上げるが、鍋でもう一度温めることを考えると、低い温度でじっくりと焼き上げたほうがいい。そう判断したサヨは、炭火の熾《おこ》り加減を慎重にたしかめながら、鉄串を上げ下げする。焼きすぎは禁物だ。

鰻はサヨの実家である旅籠『月岡屋』の名物料理だ。板場にはいつも木桶のなかで鰻が泳いでいた。

ぬるぬるくねくねと泳ぐ鰻は、ふつうの子どもは気味悪がって遠巻きにするだけなのに、サヨは器用に両手でつかみ取って、自慢げに見せつけるのが常だった。

だけではない。板長に教わりながらではあるものの、急所に釘《くぎ》を打ち、腹から開いた身に串を打って焼くまでをこなしていた。

「近江に生まれ育ったら鰻の一匹や二匹さばけんでどないするんや」

板長の言葉を忘れたことはない。

朝一番に源治が届けてくれたのは、土佐の四万十川の鰻だと聞いた。ずんぐりと太った琵琶湖のそれと違い、もしも人間だったら早駕籠でも担いでいそうに、引きしまった魚体と精悍《せいかん》な顔立ちの鰻だった。

「このままカリッと焼いて、ワサビ付けて食べたほうが美味しいんやけどなぁ」

舌なめずりしながら串を返し、ひとりごちた。

時折り炭火に落ちた脂から煙が上がるものの、琵琶湖のそれに比べればはるかにその頻度は低い。それは脂の乗りが悪いということの証左ではないかと、サヨは顔を曇らせている。

今さら仕入れなおすわけにもいかず、皮と身の表面を炙《あぶ》って、鰻は少し休ませることにして、前菜の仕込みに取りかかった。

『小鍋茶屋』の夜の料理は主に三つの料理で構成されている。最初に酒《さけ》の肴《さかな》としての前菜を何品か出し、次は魚料理、そしてそのあとが主菜となる鍋料理。今日の魚は焼鯖だ。若狭から届いた鯖を串刺しにして、丸のまま焼くという豪快な料理だ。鍋はもちろん鰻。鍋料理の〆はたいてい雑炊に決めているのだが、今夜は麦切りを用意しておいた。

サヨが愉しみながら作っているのは前菜である。主菜となる鍋料理は客の希望に応じて作るのだが、前菜については、客はまったく知らずにやってくる。それを食べたときの客の反応を愉しみにしているのだ。

もちろんすべてを気に入ってくれるわけではなく、なかにはひと口食べただけで残す客もいる。

　ふつうならめげるところだが、サヨはそれをバネにする気力を持っている。

ただ単に客の好みに合わなかっただけだとわかれば、いっさい気にしない。しかし料理が不出来だったり、食材の取り合わせに問題があるようなら、次の機会にどう生かすかをとことん突き詰める。そうしてサヨは料理の精度を高めてきたのだ。

　今夜の前菜は八品用意してある。

　棒煮にしたニシンを海老芋と一緒に煮合わせたもの。鰻の尾っぽを焼いて刻んだものはウリとミョウガを和《あ》えて酢の物にした。琵琶湖の若アユは抹茶をまぶして天ぷらに。瀬田のシジミは味噌《みそ》煮にして千切りショウガを載せた。子持ちのモロコを源さんが特別に届けてくれたので、串を打って塩焼にすると自分で食べたくなるほど美味しそうに焼きあがった。カツオ出汁と混ぜた卵を焼いて、ちりめんじゃこをなかに包んだ。これは海苔を巻いて食べてもらうつもりだ。鴨《かも》のムネ肉を薄く切って焼いたものには、刻んだセリの葉を間にはさんだ。そしてもうひと品。鞍馬の善三が特別にと言って分けてくれた猪の干し肉が、前菜の主役だ。

　猪のモモ肉を細切りにして、風干ししたという肉は赤黒く、水分が完全に抜けているせいか、カチカチに固まっている。これをひと晩酒に浸しておけば食べごろになるという、善三の言葉を信用してよかった。

　なかなか歯が立たないが、嚙《か》むごとに肉の旨みが染みだしてくる。酒の肴としてこれを越えるものは、そうそうあるものではない。こんな余禄《よろく》まで得たのだから、わざわざ遠い鞍馬まで足を運んだ甲斐があったというものだ。痛んだ足の筋肉をさすりながら、サヨはにんまりと笑った。

利尻の昆布を引いた出汁に、削ったかつお節をたっぷりと入れると、鍋から芳しい香りが広がる。酒と味醂《みりん》を入れ、慎重に味をたしかめながら醬油を入れたところで、店の外から話し声が聞こえてきた。

どうやら客のお出ましのようだ。

サヨはほつれた髪を整え、たすきを締めなおして引き戸を開けた。

いよいよですなぁ。読んでるだけで緊張感が伝わってきます。料理屋が店を開ける前っちゅうのは、どこともこんな感じなんでっしゃろな。わしらの舞台で言うたら、お囃子《はやし》が鳴りはじめるころですわ。

サヨが引き戸を開けますと、侍がふたり立っとります。ひとりは予約をしにきたイケメン。もうひとりは、どうやら対照的に武骨な顔をしとるようで、サヨはその侍の顔を将棋の駒みたいな、と書いとります。

むかしも今も、やっぱり小顔がモテるんでっしゃろかなぁ。焼豆腐みたいな顔やて言われるわしらは、江戸時代でもモテなんだやろ思います。

どっちが先に店に入るかを遠慮し合うとったふたりの侍は、お互いを〈トシ〉、〈カッチャン〉と言い合うとります。イケメンのほうが〈トシ〉で、ぶさいくなほうが〈カッチャン〉みたいですわ。

トシは木札をサヨに渡し、結局はカッチャンが先に入ったようで、小上がりでもカッチャンが上座に座ってるとこ見ると、カッチャンが上司というか先輩のようです。

ふたりとも酒が好きみたいで、料理が出てくる前に三合入った徳利を空にしとります。

サヨは慌てて用意しておいた前菜を、長手盆に載せて小上がりに運びます。八品の前菜。どれも旨そうですなぁ。


「えらい長いことお待たせして、すんまへんどした。ゆっくり召しあがっとぅくれやす」

ふたりの侍の前に置かれた膳の上に、サヨが順繰り料理を並べていく。

「こいつは旨そうだ」

カッチャンが先に声を上げると、トシがそれに続く。

「さすがに京都の店は違うな。江戸ではこんな品のいい料理にはめったにお目にかからん」

「おほめいただいておおきに。お酒もたんと用意してますさかい、どうぞごゆっくり」

料理を並べ終えたサヨが、片膝をついて立ち上がった。

「酌はしてくれんのか」

カッチャンが不足そうに唇を曲げる。

「すんまへんなぁ。うちひとりでやってるもんやさかい、お酌させてもろてたら、次のお料理ができしまへん。どちらかがお料理作ってくれはるんやったら、なんぼでもお酌させてもらいますけど」

「やっぱり京のおなごには敵《かな》いませんな」

カッチャンと顔を見合わせ、トシが首をすくめた。

「――さしむかう　心は清き　水かがみ――　ま、ふたりでゆっくりやりましょう」

ふたりは酒を酌み交わした。

「これはなんの佃煮じゃ？」

カッチャンが箸で摘んでサヨに訊いた。

「ニシンどす。棒煮にしてあります。お芋に味が染みて美味しおすえ」

「これがニシンか」

トシがニシンを口に入れた。

「ニシンと言えば魚だろう。京でニシンが獲れるのか？」

ニシンを噛みしめながら、カッチャンが訊いた。

「蝦夷《えぞ》のほうで獲れたんを日干しして船で運んで来るんやそうです。それを京で戻して甘辛ぅに煮付けますねん。美味しおすやろ」

「北前船で運んでくるのか。酒によく合う」

カッチャンが満足そうにうなずいて、杯を一気に傾けた。

「これはアユか？」

トシが若アユの天ぷらを指でつまんだ。

「へえ。琵琶湖の若アユを天ぷらにしました」

「なぜ緑色をしておる？」

箸で天ぷらを取って、カッチャンがじっと見つめている。

「お茶の粉をまぶして揚げてます。苦みが効いて美味しい思います」

「お前、名はなんと言う」

カッチャンが訊いた。

「月岡サヨと言います。よろしゅうおたのもうします」

サヨがふたりに向かって一礼した。

「サヨは近江の生まれか？」

杯を持ったままトシが訊いた。

「そうどすけど、なんでわかったんどす？」

サヨが見開いた目を丸くした。

「この塩焼はモロコだろ？　しかも子持ち。モロコと言えば琵琶湖。琵琶湖と言えば近江じゃないか」

トシが得意顔をサヨに向けた。

「おそれいりました。そのとおりです」

「相変わらずトシの頭は冴《さ》え切《き》ってるな」

カッチャンがトシに酒を注いだ。

「おふたりはお江戸のかたですか」

サヨが訊ねると、ふたりは顔を見合わせて笑う。

「わしらは江戸の田舎もんよ」

カッチャンが言い放った。

「田舎やなんて何を言うてはりますのん。お江戸て言うたらようけの人がやはって、お店もぎょうさんあって、華やかなとこやて聞いてますえ」

「それは江戸のなかの話。わしらは江戸と言うても外れの生まれ。わしもトシも百姓の息子じゃから、正真正銘の田舎もんじゃ。のうトシ」

カッチャンがそう言うと、トシは薄笑いを浮かべ、猪の干し肉をつまみ上げて、しげしげと眺めまわしている。

「それ猪肉ですねんよ」

サヨは染付の角皿に、鰻の切り身をていねいに並べながら、小上がりに向けて首を伸ばした。

「ほう。猪肉とは珍しい。お前が仕留めたのか」

トシが鉄砲を撃つ真似をした。

「とんでもない。鞍馬のほうで分けてもろてきたんです」

「鞍馬と言えばそうとう山深いところだと聞いておる。サヨが自分で買いに行ったのか？」

杯を手にしたままでトシが訊いた。

「へえ。近江の田舎もんでっさかい、脚だけは丈夫どすねん」

サヨが太ももの辺りを叩いてみせた。

「これも旨いのう。ずっとしゃぶっていたいわ」

カッチャンは、角ばった顎を何度も上げ下げしている。

「酒のお代わりを」

トシが空になった通い徳利を振ってみせた。

徳利を差し替えて、サヨが鍋の支度を続けるあいだ、ふたりは膝を突き合わせて言葉を交わしている。

「もう少し早く動いたほうがいいんじゃないか？」

眉をひそめてトシがカッチャンに酒を注ぐ。

「まだ機は熟しておらん。早まらんほうがいい」

カッチャンがぶっきらぼうに返杯した。

「そうだろうか。先手必勝だと思うのだが、カッチャンは甘いな」

トシが干し肉を噛みちぎった。

「通してならぬものは我意。周りをよく見なきゃいかん」

カッチャンが一気に酒を飲みほした。

「手遅れにならねばいいのだが」

トシがカッチャンに酒を注いだ。

「鴨は京の名物か？」

カッチャンが焼鴨を箸で取った。

「鴨も琵琶湖から届くんどすけど、京都の人はお好きみたいどすな。おネギとの相性がええんどすけど、今日はセリの葉っぱと一緒にしてます」

サヨが答えた。

「鴨にセリか。しっかり噛んで食わんといかん。な？」

カッチャンが意味ありげな笑顔を向けると、トシはぎこちなく笑った。

「いい人なんだが、あの酒ぐせの悪さには手を焼きます」

トシが薄い鴨肉に箸を刺した。

「いずれは手を切らんならん」

カッチャンはトシに身体を寄せて、表情をかたく引きしめた。

「カタモリさまもそのおつもりでしょうか？」

小声でトシが訊くと、カッチャンは大きくうなずいてから、深いため息をついた。

「酒におぼれた鴨は暴れるだけで足手まといだ。時期を見て、と」

カッチャンはトシの耳元でささやいた。

「お魚が焼きあがりましたんやけど、お持ちしてよろしいやろか」

「どんどん持って来てくれ。酒もな」

トシはカッチャンから身を離し、襟元を整えた。

「若狭の鯖を串焼にしました。そのままかじり付いてください」

串刺しにした鯖を丸皿に載せ、サヨがふたりの膳に置いた。

「若狭か。京から近いのか？」

カッチャンは串を手にして焼鯖をじっと見ている。

「若狭の人は、――京は遠ても十八里――て言うてはりますさかい、近いていうことはおへん」

そう答えてサヨが立ち上がった。

「わしの田舎から江戸までが八里ほどだから、その二倍以上はあるのか。鯖は足が早いというが大丈夫なのか？」

トシは怪訝そうな顔をして、手をつけずにいる。

「鯖の生き腐れて言いますさかい、若狭でひと塩して運んでくるそうでっせ。それをよう焼いてまっさかい安心して食べとぉくれやす」

サヨが笑顔を向けたのを受けて、トシがようやく焼鯖を口にした。

「いい塩梅《あんばい》に焼けているが、こうして食うと山賊みたいだな」

串刺しにした焼鯖を頭上にかかげ、カッチャンが声を上げて笑った。

「鯖というのは、こんなに旨い魚だったのか」

トシは串を両手に持って、焼鯖の腹身をかじりとった。

前菜に続き、魚料理もふたりは喜んで食べているようだ。あとは主菜の鰻鍋。竈の前に立ったサヨは、両頬を手のひらで叩き気合を入れた。

「それにしても八郎が寝返るとは思ってもいなかったな」

カッチャンはまた小声になった。

「いきなり攘夷《じょうい》を言いだすのだから驚くばかり。我らはいったいなんのために京に集まったのか」

トシが憤るとカッチャンがそれを制した。

「我らを京に集めてくれただけでいいではないか。八郎が居なければ、こうしてトシと京の街で酒を飲むこともなかったのだから」

カッチャンがトシに酒を注いだ。

「それはそうですが、なんだかだまされたみたいで」

渋面《しぶづら》を作って、トシが杯を返した。

「そろそろお鍋の用意をさしてもらいますさかいに、むずかしいお顔は引っ込めとぉくれやす」

サヨが小ぶりの七輪をふたつ運んでくると、ふたりは顔を見合わせて首をすくめた。

「春の夜は　むつかしからぬ噺《はなし》かな。わしらはいつもこんなふうよ」

トシが七輪を膝の前に引き寄せた。

「トシは本当に俳句が好きなのだな。よくそんなすぐ浮かぶものだ」

カッチャンもトシを真似て七輪を手前に引いた。

「火傷《やけど》せんように気ぃ付けてくださいね」

サヨは小さな土鍋を、それぞれの七輪に載せる。

「そうか。ふたり別々の鍋で煮る、ひとり鍋というわけか。鍋は大勢で囲むものだと思い込んでいた。こういう趣向もおもしろいものだな」

カッチャンは、七輪に載った土鍋から立ち上る湯気を見つめている。

「いい香りだが、こんなに薄いつゆで大丈夫なのか？」

トシはふたを取って鍋に顔を近づけた。

「なんでも京は上品なのだ。うどんのつゆもおなじじゃないか」

カッチャンがトシの膝を叩いた。

「今日は四万十川の鰻です。軽ぅ炙って火が通ってますさかい、お鍋のつゆで軽ぅ温めて食べてください。笹掻《ささが》きにしたゴボウとミツバと一緒に召しあがってもろたらええ思います」

サヨが二枚の角皿をふたりの前に置いた。

「白焼にしてから煮るのか。わしは生の鰻を煮るものと思っておったが」

鰻を箸でつまみ、トシはわずかに首をかしげた。

「それやと生臭ぅなりますねん。特に皮目は炙ったほうが芳ばしいて美味しい思います」

「たしかにそうかもしれんな」

皿を見まわしてカッチャンがうなずいた。

「旨い！」

トシが叫んだ。

「おおきに」

サヨが丸い笑顔を返した。

「うむ。蒲焼しか食ったことがなかったが、鍋で食うのもいいものだな」

カッチャンも満足そうに箸を動かしている。

「よかったら、これも鰻と一緒に食べてみてください」

サヨが色絵の鉢に盛った花山椒をふたりのあいだに置いた。

「花山椒？」

ふたりが同時に声を上げた。

「山椒の木に咲く花ですねん。今の時季だけしか食べられへんのですよ」

サヨが花山椒をつまんでみせた。

「京に来るまで山椒なんてものは、ほとんど口にしたこともなかった。江戸でも鰻屋に粉山椒が置いてあるぐらいで、わしらはそれすら使わんかったからな。山椒の木には花も咲くのか」

カッチャンが花山椒を手のひらに載せて鼻に近づけた。

「よくよく考えれば当たり前のことだがな。鰻と一緒に食うとなんとも言えん。こいつはクセになるな」

鰻の切り身に花山椒を天盛りにしてトシが口に運んだ。

「よろしおした。苦労して鞍馬まで行った甲斐がおましたわ」

「山椒の木に花が咲くのは今の時季だけなのか？」

カッチャンが訊いた。

「たぶん、そうや思います」

「たぶん？　知らずに行ったのか？」

「咲いてるや咲いてへんやわかりまへん。鞍馬のどこに行ったらええのかもわからんと行きました」

サヨがぺろっと舌を出した。

「あてもないのに山奥まで行ったというのか。向こう見ずなやつじゃのう」

カッチャンが呆《あき》れ顔《がお》をサヨに向けた。

「行ってみんことにはなんにも手に入りまへんやろ」

サヨは大鍋で麦切りを茹《ゆ》でている。

「行かんことには何も手に入らん。たしかにそうじゃのう」

カッチャンが膝を打った。

「子どものころに、うちのジイチャンがよう言うてました。――行って損はない。やって損はない。食うて損はない。――」

「おもしろいジイチャンじゃないか」

カッチャンはトシと顔を見合わせて笑った。

「食うて損はおへんさかい、たんと食べとぅくれやす」

盆を持ってサヨが下っていった。

「トシ、いい店を見つけたな。いろいろ教わることがたくさんある」

カッチャンは鰻にたっぷりと花山椒を載せて、大きな口を開けた。

「まことに。珍しいものを食うと長生きするというから、頓挫することなく目的を果たせそうだ」

トシは花山椒を手のひらに取って、そのまま口に入れた。

「お鍋をおおかた食べはったら、麦切りを入れて食べてもらお思うてますさかい、おつゆと花山椒はちょぉっと残しといとぅくれやすな」

「麦切り？　また聞いたことのないものが出るのか」

カッチャンが目をしばたたかせた。

「東のほうのおかたはお蕎麦《そば》をよう召しあがるらしおすけど、京ではうどんやとか麦切り、おそうめんを食べることが多いんどっせ」

笊に盛った麦切りをサヨがふたりに見せた。

「京は茶色いものを嫌って、白いものを好むのだな」

トシが口元をゆるめた。

「それはどやわかりまへんけど。お鍋のなかで温めてから、花山椒を薬味にして食べてください」

サヨはふたりの膳に椀と木杓子を置いた。

「鰻の旨みが染みこんだつゆで麦切りを食うとは、うまく考えたな。サヨは京都一の料理名人じゃ」

カッチャンは椀に麦切りを取っている。

「うちの店は二番やそうでっせ」

「ほう。ならば一番は？」

「決まってますやん。伏見の『菊屋旅館』はんですわ」

「やはりそうか。わしもそう思う」

トシが麦切りを食べながらうなずいた。

「ならば次はその『菊屋旅館』で飯を食うことにしよう」

カッチャンは花山椒を浮かべて、つゆを飲みほした。

〆の麦切りも残さず食べ切ったふたりは、徳利が空になっているのをたしかめてから、おもむろに腰をあげる。

「本当にこれでいいのか」

トシがサヨに一貫を手渡した。

「おおきに。ありがとうございます」

受けとってサヨは深々と頭を下げる。

「また必ず来るぞ」

ふたりは千鳥足で茶屋の外に出た。

境内はしんと静まり返っている。

闇夜に八重桜の木がほのかな月明かりを受けて、紅く輝いている。

「今年の桜は遅うまで咲いてくれてますわ」

「まことと。もう藤が咲こうかと言うのにな」

カッチャンが額に手をかざして目を細めた。

「――梅の花　一輪咲いても梅は梅――桜もおなじよのう」

トシが鼻をひくつかせた。

「また俳句か」

カッチャンが苦笑いする。

「これからお帰りですか？」

「春の夜はまだこれから。島原にでも繰りだすか」

トシが顔色をうかがうと、カッチャンはにやりと笑った。

「どうぞお気をつけて」

『清壽庵』の境内を出て行くふたりの背中にサヨが声を掛けた。

〈さげ〉

どないです？　鰻鍋。旨そうでんなぁ。そこに花山椒をぶち込むやなんて、贅沢の極みでっせ。

幕末のころで俳句好きのイケメン侍て言うたら、あの人しか思い浮かびまへんわな。ほんでその連れの将棋の駒顔にも思い当たる侍が居りますわ。

たぶん間違いおへんやろ。芹《せり》に鴫てな話も出てましたさかい。

あいにくふたりがどんな格好しとったか、は書いてありまへん。挿絵にも出てきまへんのや。夜のこっちゃさかい、まさかあの青い羽織は着とらんかった思いますけど。

この前のしゃも鍋のときもそうでしたけど、わしらが歴史の本で読んでた志士と、えろうイメージが違いますな。

もっと猛々《たけだけ》しいんかと思うてましたんやが、酒飲んでメシ食うときは、ふつうの男やわ。当たり前て言うたら当たり前のこってすし、別人の話かもしれまへんけどね。

さあ、次はどんな客が、どんな鍋を食いよるんやろ。愉しみでんな。

第三話

黒豚鍋

〈まくら〉


　幕末、幕末てみんな言うてまっけど、わかったようで、わからんことがぎょうさんありますな。まずはその時代ですわ。いったい、いつからいつまでが幕末やねん。そこからしてわかりまへん。

　なんとのう、江戸時代から明治時代に変わる直前のことやろうと思うてますんやが、何年何月何日から、いつまでのことを幕末と呼んでええのやら。て、小学生みたいな言い草でんな。本によっても、人によってもまちまちです。どうもビシッとは決まってへんみたいです。

　ざっくりとペリーさんが黒船に乗って、浦賀の沖合に来はったころが、幕末のはじまりやというのは、おおかた一致しとりまっけど、幕末の終わりは、となると、みな言うとることはバラバラですわ。

　徳川慶喜《とくがわよしのぶ》はんが大政奉還しはったときや、いう説もありますし、旧暦が新暦に替わったときやて言う人もおります。けっこう差がありますな。

　とうにお亡くなりになってますねんけど、上方落語の大御所やった先輩が、うまいこと言うてはりました。

「幕末の終わりはいつか？　てかいな。そんなもん簡単なこっちゃ。みながチョンマゲを結わんようになるまで、やないか」

なるほど。それを聞いて、わしはすぐに膝を叩きました。幕末がはじまるころには、チョンマゲやのうて、蓬髪《ほうはつ》っちゅうんでっか、髪を結ばん男もチラホラ出てきます。流行の先端を行っとったんですやろな。そういうのがだんだん増えてきて、チョンマゲが少数派になってくるのが幕末の終わりごろというわけですわ。

それで言うたら、月岡サヨが書いとる〈小鍋茶屋の大福帳〉は、間違いのう幕末のピークのころですわ。

幕末のころによう言われとったんが、尊王攘夷っちゅうやつですな。黒船が来よって国を開けて言われたことに反発して、外国とは付き合うな、日本は日本だけでやるんやと言うこってすわ。

これとは反対に、これからは外国ともあんじょう付き合うていこやないか、というもんも、当然ようけおりますわな。どっちがええねん、ということで争いが起こります。

その舞台となるのが京の都ですさかい、あっちゃこっちゃで物騒な事件が起こっとるはずなんでっけど、サヨはそういう話をいっさい書き残してまへんねん。

ほんまにサヨはそういうことを見聞きせなんだんやろか。そんなわけはおへんやろ。ということは、あえてその手の血生臭い話は書かんようにしとったんでっしゃろ。

今日もきっと『清壽庵』の境内では、サヨの作ったおにぎり求めて、ようけの人が押し寄せますやろ。それに備えてサヨは炊事場で仕込みに余念がありまへん。今日はどんな具をおにぎりに入れるんやろ。気になりますな。

1　亥《いのしし》の妙見さん

『清壽庵』の境内で開いているおにぎり屋で、月岡サヨのただひとつと言ってもいい悩みは、どんな具を入れるかだ。

昆布の佃煮だとか、おかか、塩鮭《しおざけ》といった定番は不動の人気を誇っているが、それだけでは飽きられてしまう。時折り変わり種をはさむのだが、あまりに突飛なものだと敬遠されるし、原価が掛かりすぎる高級食材も使い辛《づら》い。

錦小路で『杉源』という卸商を営む源治があれこれ提案してくれるが、定番になるほどのものはなかなか見つからない。

『杉源』の主力商品は乾物で、とりわけ昆布やかつお節などの、出汁を引く素となる乾物は、京の都で引っ張りだこになるほどの人気ぶり。有名料亭がこぞって『杉源』へ足を運んでいる。

サヨの後見人とも言える、伏見の『菊屋旅館』の女将フジの口利きもあり、源治は『清壽庵』に店を構えるサヨの元へ、自ら配達している。

サヨは炊事場で米をとぎながら、鼻歌を歌っていた。

「おはようさん。えらいご機嫌やな」

源治が食材の入った木箱を小上がりに置いた。

「機嫌ようお米をといだら美味しいご飯が炊けますねんよ」

サヨはといだ米を竹笊にあけた。

「今日はちょっと変わったもんを持ってきたで。わしはこれをおにぎりの具にしたらええと思うんやが」

源治が木箱を開け、包み紙を広げると、サヨは目を白黒させて小さく声を上げた。

「これはなんですのん？」

「牛の乳を固めたもんで、バタと言うらしい」

爪の先ほどの黄色い塊を、源治がサヨの手のひらに載せた。

「ええ匂いがしてる」

サヨは鼻先に近づけて、うっとりと目を閉じた。

「わしの友だちが長崎におってな、出島からもろてきたんやて言うとった。なんでも西洋料理にはこれが欠かせんらしいで」

「どないして使うんやろ」

指先に取ってバタをなめるなり、サヨは顔をしかめた。

「わしも初めて食うたときはそやった」

源治が苦い笑いを浮かべた。

「こんなしつこいもんが、異人さんはお好きなんどすか」

サヨがむせかえっている。

「誰でもそう思うわな。ところがや」

そう言って源治がヤカンの湯を湯呑《ゆのみ》に注ぎ、バタを載せた小皿をその上に置く。

「よう見ときや」

「なにがはじまるんです？」

サヨはじっと小皿を見つめている。

小皿のバタは形を崩しはじめ、固体から液体へと姿を変えていった。

「ちょっとなめてみ」

源治にうながされたサヨは、おそるおそるといったふうに、液体になったバタを小指に付けてなめた。

「美味しい。さっきとは別もんや。なんか手妻（手品）みたいどすな」

サヨが目を白黒させている。

「牛の乳の脂分《あぶらぶん》を固めたもんやろさかい、熱を加えたら溶けよる。この味やったらおにぎりに使えるんと違うか？」

源治もバタを指でなめた。

「こんな貴重なもんを、うちのために持って来てくれはったんは、ほんまにありがとう思うてますけど、これはおにぎりには使えしまへんわ」

「なんでや。このバタを使うたら、ほかにはできんおにぎりになるがな。ほしたら今よりもっと人気が出ると思うんやが」

源治は納得がいかないようだ。

「おにぎりはにぎり立ての熱々やのうて、時間を置いて冷めたほうが美味しい思うてます。せやさかいお昼にお客さんが買いに来てくれはるときは、おにぎりは冷とうなってます。このバタを具にしたら、うちが最初に食べたときとおんなじ感じになってますやろ。美味しい感じひんと思うんです」

「やっぱりサヨは根っからの料理人やなぁ。うっかりそのことを忘れとったわ。このバタを焼いた餅に付けて食うたら、死ぬほど旨かったんや。餅に合うんやったら、おにぎりにも絶対合うはずやと思うて、真っ先にサヨのことが頭に浮かんだんやが、サヨのほうが上手やったな」

頭をかきながら、源治が懐からキセルを取りだした。

「おおきに。源さんのその気持ちはほんまに嬉しおす」

サヨの目に薄《うっす》らと涙がにじんでいる。

「秀乃はんに負けんように、サヨには気張ってもらわんとな」

源治がキセルに火を点けた。

「うちとは格も違うし、比べてもらうような料理と違います」

手ぬぐいで目尻をぬぐい、サヨは両頬を膨らませた。

「サヨはそうやろけど、向こうはそうは思うとらんのや。潰されんようにせんとな」

源治がキセルの灰を床に落とした。

「そういうのを取り越し苦労て言うんと違います？　余分な心配せんと、次のお店に配達に行かんとあきませんやんか」

　サヨが源治の肩をはたいた。

「まぁ、せいだい用心しいや」

　源治が木箱を風呂敷に包みはじめた。

「源さん、さっきのバタやけど、ちょこっとだけ分けてもろてもよろしい？」

「かまへんけど、おにぎりの具にはできんて言うたとこやがな。そうか。夜のお客さん用やな。どれぐらいあったらええんや？　要るだけ置いていくで」

　源治がバタの包みを解いた。

「そやなぁ。厚みは五分ほどやさかい、二寸ほどもあったら」

　サヨが指で長さを計ると、源治は菜切包丁《なきりぼうちょう》でバタを切った。

「どんな料理に使うんか見てみたいとこやな」

　源治は菜切包丁を洗っている。

「お鍋に入れたらどんな味になるかなぁて思うてますねん」

「なるほど。それはええ考えや。旨い鍋になるように祈っとくわ」

　荷を担いで源治が茶屋をあとにした。

　羽釜を竈に掛け、薪を足しながらサヨは、横目でバタの包みを何度も見ている。

　鍋のつゆに使うと言ったものの、今のところ夜の客の予約は入っていない。このバタというものはどの程度日持ちするのだろう。源治に訊いておけばよかった。どう保管すれば腐らずに長持ちできるのか。

　肝心なことを訊かずに手に入れてしまったのは、バタを使えば革新的に味を変えることができるだろうと思ったからだ。

　冷めた塊を口にしたときは、あまりのくどさに閉口したが、熱を入れて溶けたバタは香りもよく、何よりこれまで食べたことのないコクを舌で感じとった。

　味噌とも醬油とも相性が良さそうだ。早く試したくてうずうずしてきた。逸《はや》る気持ちをおさえて、サヨはおにぎりの仕込みをはじめる。

　今日のおにぎりに使う具はハマグリのしぐれ煮と決めていて、昨夜のうちに煮込んでおいた。

　錦小路で源治が営む『杉源』のほかにも、サヨが仕入れている魚屋があり、伊勢《いせ》国から荷を担いでくる。

　週に一度か二度やって来る魚屋は兄弟の漁師で、六郎《ろくろう》と八郎《はちろう》のふたりは自分たちのことを『六八』と呼んでいる。

『六八』が昨日売りに来たのは桑名のハマグリで、思いもかけぬ安値で仕入れることができた。頃合いの大きさで、ハマグリ鍋にしても美味しそうなのだが、残念ながら夜の予約は入らなかった。

　夜の客は本当にむずかしい。一日に何組も予約が重なって、たくさん断らなければいけない日があるかと思えば、十日ほどもまったく予約が入らないこともある。

たくさん仕入れたのに、それが無駄になってしまうときは泣きたくなるほど哀しい。売上がないこともだが、それ以上に辛いのは、食材が成仏できないことだ。仕方なく自分で食べるのだが、こんなに美味しいものを、なぜお客さんの口に届けることができなかったのか、心底悔しくなるのだ。

ハマグリはおにぎりになったけど、バタはおにぎりにならない。夜の予約が入らなければ、せっかくの源治の気持ちが無駄になってしまう。

そんなサヨの願いが通じたのか、急な夜の予約が入ったのは、おにぎり屋を開ける直前のことだった。

「サヨ、居るんやったら開けてくれるか」

戸を叩く音と一緒に聞こえてくるのは、『菊屋旅館』のフジの声に間違いない。サヨは手ぬぐいで手をぬぐいながら、急いで入口の戸を開けた。

「おはようさんです」

「おはよう。居ってよかったわ。急な頼みがあって来ましたんや」

番頭の藤吉を伴って、フジが敷居をまたいだ。

「いつもおおきに、ありがとうございます」

サヨが深く腰を折った。

「繁盛で何よりや。おにぎりもやけど、夜の評判も悪ぅない。うちも喜んでます」

小上がりに腰をおろし、フジがサヨの目をまっすぐに見た。

「伏見のほうにも評判が届いてます。女将さんもその度に喜んではります」

隣に座って、藤吉が言葉を足した。

「なにもかもフジさんのおかげです。ほんまにありがたいことやと思うてます」

サヨが両手を合わせた。

「ちょっと急《せ》いてますさかいに、早速やけど頼みをきいてくれるか」

「へえ。なんなりと言いつけとぉくれやす」

「頼みいうのはほかでもない。夜の客のことなんやけどな」

戸口に目を遣ってから、フジが声を落として続ける。

「うちのだいじなお客さんなんやけど、おひとりでゆっくり食事をしたいそうなんや。うちの旅館で、てお言いやしたんやけど、うちやったら顔が差しますさかいに、ここでお願いしたい思うて」

「ありがたいことですけど、『菊屋旅館』さんのだいじなお客さんに、うちの料理を喜んでもらえる自信がありまへん。かんにんしとぅくれやすか」

サヨがすがるような目でフジを見すえた。

「そのことやったら心配は要らん。女将さんがサヨちゃんの料理のことを話しはったら、えろう興味を持ってはったさかいに」

藤吉が口をはさんだ。

「そない言うてもろても、うちと『菊屋旅館』さんでは違いすぎますし」

サヨが床に目を落とした。

「薩摩《さつま》のおかたで大きい男はんやけど、若いおなごはんが苦手らしおすさかい、うちも一緒に来ます。それやったら安心やろ?」

「とんでもない。そのほうがもっと困ります。フジさんにうちの料理を食べてもらうやなんて、そう思うただけで冷や汗が出ます」

言葉だけでなく、サヨは額に汗を浮かべている。

「こんな機会はめったにあるもんやない。女将さんに食べてもろて感想を聞けるやなんて、願ってもないことやないか」

藤吉が語気を強めると、サヨは小さくうなずいた。

「せいだい気張らせてもらいます。ほんでお日にちはいつどすか?」

「明日の夜や」

藤吉が短く答えた。

「へ? あ、明日ですか?」

サヨは口をあんぐりと開けたままだ。

「先客でもおましたんか?」

フジが訊いた。

「そうやおへんけど、今日の明日やなんて。どないして支度したらええのか」

サヨが顔を曇らせた。

「そのことやったら心配要りまへん。薩摩のおかたは豚の鍋をご所望やけど、丹波のほうからええ豚肉を届けてもらうようになってるさかい。あとはそれをサヨがどないな鍋に仕立てるかだけや」

「豚のお鍋ですか」

サヨは声を裏返した。

「豚のお料理ぐらいしたことあるやろ？」

フジはさらりと言う。

「いっぺんもおへん。鶏やったらよう使いますけど」

「たいした違いはあらへん。て言うより鶏肉《とりにく》より楽に料理できますえ。一匹まるごとさばいたりせんでも、お肉の塊になって届きますさかい」

「そない言うてもろても……」

「サヨちゃんやったら、きっとあんじょう料理できる」

藤吉の言葉にフジが大きくうなずいた。

「たぶん今ごろうちに届いてるはずやさかい、日が暮れるまでにここへ届けときます。いろいろ試してみなはれ」

フジが腰を上げると、藤吉が続いた。

「あの……」

ふたりの背中にサヨが声を掛けた。

「なにか？」

振り向いてフジが鋭い視線をサヨに向ける。

「その薩摩のおかたの干支はなんですやろ」

「干支がどないかしたんか？」

フジが訊ねると藤吉が耳打ちした。

「そういうことかいな。たしかあのおかたは亥年《いのししどし》の生まれやったと思うえ」

「女将さんは？」

「うちかいな。うちもおんなじ亥年どす。三回りも違うけどな」

フジが高笑いすると、藤吉もおなじように笑った。

「ほな、これを」

サヨが亥の木札をフジに渡した。

「亥の妙見さんがどこにあるか知ってるか？」

藤吉が訊いた。

「あとで和尚はんに訊こうと思うてたんですけど」

「鷹峯《たかがみね》やさかい、ちょっと遠いで。サヨの足で大丈夫かいな」

藤吉が首をかしげる。

「鷹峯てどの辺ですのん？」

「ここから北へ一里半ほど上がったとこや」

フジが答えた。

「一里半ぐらいやったらたいしたことおへん。足だけは自信ありますさかい」

サヨが胸を張ると、藤吉が絵地図を描きながら、場所を説明している。

「鷹峯までは迷わんと行けるやろけど、『圓成寺《えんじょうじ》』はんはちょっとややこしい場所にあるさかい、わからんようになったら、近所の畑を耕してる人に訊いたらええ。あの辺は野菜を作っとる人がようけおるでな」

描き終えて、藤吉がサヨに絵地図を手渡した。

「ついでに野菜を仕入れてこなあかんな」

サヨが地図をにらんでいる。

「しっかりした子ですわ。余計な心配は要らんようですな」

藤吉がフジに向き直って肩をすくめた。

「サヨには妙見はんがついていてくれてはりますさかい心配は無用どす。ほな、明日はあんじょう頼みますえ」

襟元を整えてフジが店の外に出ると、藤吉がそれに続いた。

「豚のお鍋。どないしよ。まともに食べたことないさかい、さっぱりわからへん」

小上がりに腰をおろしたサヨは、口を尖らせて途方に暮れている。

「悩んでる場合やないわ。おにぎり作らな間に合わへんやん」

勢いよく立ち上がって、サヨはたすきを締めなおした。

と、まぁ、いっつものことでっけど、いろんなもんが出てきますなぁ。

バタっちゅうのは、バターのことですやろな。幕末にはもう日本に入っとったみたいですわ。バタ臭いて言うくらいでっさかい、最初はみなびっくりしましたんやろな。匂いもきついし、生で食べたらしつこいし。サヨがどないして料理に使いよるか愉しみです。

ハマグリやとかの二枚貝は江戸時代よりもっと前から食うてたんや思います。貝塚っちゅうもんがあるぐらいやさかい、大昔から日本人は貝を食うてましたんや。

けど、冷蔵庫はもちろん、氷かて簡単に手に入らんかった時代は、保存がむずかしかったんと違いますやろか。貝て足が早《はよ》おすやろ。今でもちょっと油断したら、すぐに腐ってしもて、ぷうーんと臭い匂いさせよる。

上方落語の〈道具屋〉っちゅう演目で〈夏のハマグリ〉という道具屋の符丁が出てきますねんけど、どういう意味やわからはりまっか？

夏は貝が腐りやすいときでっしゃろ？　けど腐るのはなかの身ぃだけで、貝殻は腐りまへんわな。身ぃは腐るけど、貝は腐らん。身腐って、貝腐らん。関西弁を知ってはる人やったらピンと来ましたやろ。

見くさって買いくさらん。〈夏のハマグリ〉いうのは、見るだけで買わん客のことを言いますねん。関西弁では〈しやがって〉を〈しくさって〉て言うんですわ。つまり関東でやったら、見やがるだけで買いやがらん客、のことですねん。

こういう小ネタをはさまんと気が済まん、っちゅうのが噺家の性《さが》ですわ。すんまへんなぁ、しょうもない話に付き合うてもろて。

それは横に置いといて。わしが引っかかったんは豚肉ですわ。サヨの書きようを読むと、ホンマに豚肉はふつうに食べられてなんだみたいですな。

学校の歴史でも習いましたさかい、この時代に肉食禁止令が出とったことは知っとります。けど、ホンマにみなそれを守っとったんやろか。偉いさんは薬食いやとか言い訳して食うとったけど、庶民かて似たようなもんやったんと違うかと思うてましたんや。

ずっと眉にツバつけとったんでっけど、庶民はみな、肉食禁止をきちんと守っとったんですな。ちょっとびっくりしました。

豚肉てな使い慣れん食材を、サヨがどないして鍋料理にしよるか。ちょっとむかしに〈料理の鉄人〉っちゅう番組がありましたやろ。おもしろかったですなぁ。ちょうどあの番組を見てるみたいな気分で読み進めます。ほんまに愉しみですわ。


なんとか仕込みを終えたころには、もう『清壽庵』の境内には、サヨのおにぎりを目当てにした客が集まりはじめている。

サヨが店の木戸を開けて、床几をいくつか並べると、客たちは自然と列を作る。

「お待たせしてすんまへんな。もうすぐでっさかい」

瑠璃紺《るりこん》の小袖を着て、たすき掛けをしたサヨは額に玉の汗を浮かべ、せわしなく下駄《げた》の音を響かせている。

「サヨちゃん、今日の具はなんや？」

常連客のひとり、大工の留蔵がサヨの背中に問いかけた。

「今日はハマグリのしぐれ煮です」

振り向いてサヨが答える。

「桑名のハマグリか？」

留蔵の相方、左官の勘太が問いを重ねた。

「もちろんですやん。美味しおっせ」

サヨはにっこり笑って答えた。

「ハマグリのおにぎりてなもん、生まれて初めて食うな」

留蔵が舌なめずりした。

サヨのおにぎり屋人気は日増しに高まり、この日も早々と売り切れ仕舞いとなった。

後片付けももどかしく、サヨは藤吉からもらった絵地図を懐にはさみ、鷹峯行きの支度を整えた。

想像以上に鷹峯は遠かった。

距離に加えての上り坂にサヨは息を切らせながら、途中で何度も休憩をはさみ、ようやく『圓成寺』へたどり着いたのは、未の刻から申《さる》の刻へと移るころだった。

寺はしんと静まり返っていて、風に揺れる枝葉の音だけがさわさわと聞こえてくる。時折響く鳥の鳴き声が不気味に思えてしまう。

『清雲山《せいうんざん》』と記された山門の前で一礼したサヨは、ゆっくりと門をくぐった。

一歩一歩参道を歩くサヨは、身をかたくして息をひそめている。

両側に植えられているのは桜だろうか。とうに咲き終わった花は、花びらの一枚すら石畳に残していない。

折り重なるようにして建つ鳥居の奥に妙見さまがいらっしゃる。そう思っただけでサヨは胸を高鳴らせた。

「月岡サヨと申します。亥の妙見さま、どうぞよろしくお願いいたします」

目を閉じ、手を合わせたサヨは一心に祈りを捧げている。

いつもならすぐに姿を現す妙見なのだが、物音ひとつせず、なんの気配もない。

さらに祈りを続けるべきか、それともあきらめて帰るほうがいいのか。迷いながらもなお手を合わせていると、地響きとともに、いきなり大きな物音がし、サヨは思わず薄目を開けた。

「サヨ、よく来たのう。お前のことは巳の妙見から聞いておる」

薄らと見えるのは、灰色のとてつもない大きな男だ。きっと亥の妙見なのだろう。

「ありがとうございます」

サヨが声を震わせる。

「亥の客をもてなすには水じゃ。水を使ってもてなせ」

亥の妙見は低い声をお堂に響かせた。

「承知いたしました」

サヨは深く腰を折った。

「ところでその客はどこから来るのだ？」

「薩摩と聞いております」

目をかたく閉じたまま答える。

「薩摩か。未申《ひつじさる》のほうじゃな。ならば土と金をも用いよ」

「また土と金か」

サヨが小声でつぶやいた。

「なにか言ったか？」

妙見が声を大きくした。

「なんでもありません。ただのひとり言でございます」

サヨが身を縮めた。

「うまくいけばいいのう」

また大きな音を立てて、妙見が背を向けて戻っていく。薄らと開けた目に大きな亀が映った。どうやら妙見は亀に乗っているようだ。

サヨはその後姿に手を合わせた。


イヨッ。出ました妙見はん。思わず声を掛けたなりますな。亥の妙見はんのお出ましですわ。亀に乗ってるらしいでっせ。それもかなりの大男みたいですな。妙見はんはみな耳がよろしいな。サヨのひとり言も耳に入っとるみたいや。恵比寿《えびす》はんとは大違いですわ。知ってはります？　恵比寿はんが耳が遠いっちゅう話。

京都の宮川町《みやがわちょう》ていう花街の近所に『京都ゑびす神社』がありますねんけど、ここのお堂の横手には板が貼ったぁります。その板をよう見たら真ん中がすり減ってへこんでますねん。なんでやわかりまっか？

恵比寿はんは耳が遠いさかい、お参りに来たで、と板を叩いて知らせるんです。お堂のなかにやはる恵比寿はんは、その音を聞いてやっとお参りに来たことに気付かはるというわけです。恵比寿はんはお年を召してはりますにゃろな。妙見はんはきっとお若いんですわ。

余計な話は横に置いとくとして、今回もあんじょう妙見はんからヒントをもろたサヨは、急いで『清壽庵』に戻ります。

サヨも思わずつぶやいとりましたけど、また土と金が出てきましたな。五行というくらいやさかい、五つしかおへんのやけど。土と金ばっかりですがな。今回はそこに水が加わったことで、ちょっと変化が出ますやろけど、サヨはどない解釈するんやろ。

そう思うて読み進めましたら、びっくりするような大事件が起こりますねん。心臓が止まるか思いましたわ。

その話をしまひょ。

サヨが『清壽庵』の茶屋に戻ったらすぐに、お陽《ひ》ぃさんが沈みました。サヨは翌日の昼のおにぎりの仕込みをしながら、夜の客の献立を必死で考えとります。

フジはんの言うてたとおり、豚肉はちゃんと届いてました。庫裏であずかってくれてはったんですわ。二斤て書いてまっさかい、今で言うところの一・二キロほどですやろか。けっこう大きな塊ですな。客はふたりやし充分な量です。それを鍋にするとして、どんな味にするか、薄切りにして湯通しした肉をサヨが味見しとります。

と、そこへ引き戸を叩く音がします。誰ぞ来たんやろか。サヨが引き戸を開けました。


「どなたはん？　なんぞご用ですか？」

「静かにせい」

そう言うなり、ふたりの男が茶屋に押し入った。

た。

「な、なんですの、いきなり」

顔をひきつらせてサヨが後ずさりした。

「えらいええ景気らしいやないか。ちょっと恵んでもらおと思うてな」

頬かむりした男は不敵な笑いを浮かべ、もうひとりのひげ面の男が、帳場を物色しはじめた。

こういうときに慌てふためいてはいけない。母親から教わった言葉を思いだしたサヨは、深く息を吐いて膝の震えを止めた。

武術の心得があるサヨは力で跳ね返すことも考えたが、ひげ面の男の胸元にきらりと光る短刀を見て、危険を避けるべく懐柔するほうを選んだ。

「なんや。押し込みですかいな」

サヨは襟元を整えて平然を装った。

「ひと聞きの悪いこと言われたらかなんな。わしらはちょっと恵んでもらおうと思うてるだけや。お金さえもろたらすぐに出て行くがな」

頬かむりした男が裾をからげて、顔を近づけてきた。父親とおなじくらいの年格好だが、ここでひるんだら負けだ。

「そんなとこ、なんぼ探してもお金なんかあらへん。物騒やさかい、お金はみなお寺はんにあずかってもろてます」

きっぱりと言い切った。

「うそつけ。いちいちそんな面倒くさいことするわけない。今日の分ぐらい置いてるやろ」

ひげ面の男が水屋を開けて覗きこむ。

「おたくらみたいな人が来はったらかなんさかいになぁ」

横目で見て小鼻で笑った。

「ほんまみたいでっせ」

ひげ面の男が首をかしげる。ひげ面の男は思ったより若い。ふたり組は親子ほどの差がありそうだ。

「ほな取りに行って来い」

頬かむりした男が命令した。

「なんでや」

「取りに行っても渡してくれはりまへん」

「そういう取り決めになってますねん」

「でたらめを言うたら承知せんぞ」

ひげ面の男がこぶしを振り上げた。

「うちに乱暴しはっても、一文の得にもならしまへんえ」

サヨがふたりをにらみつけた。

「このまま手ぶらで帰れるわけないやろ」

ひげ面の男がすごんだ。

「ほな、こないしまひょ。おたくらはお金が要りますねんやろ。うちが和尚さんに頼んでみますわ。一緒に庫裏に行きまひょ」

「そ、そんなことできるかい」

「そう言うて逃げ込むつもりやろけど、そうはいかん」

ふたりは口を揃えたが、明らかに戸惑っているようだ。

「もしも和尚はんがあかんて言わはったら、うちがお借りして、おたくらに渡します。それでよろしいやろ」

とにかくこの場から早く脱出したいと思い、サヨは次の手に打って出た。

「まぁ、そない言うんやったら……」

顔を見合わせたふたりは、渋々といったふうにこぶしを解いた。

ここぞとばかりにサヨが引き戸を開けて素早く店の外にでると、ふたり組はぴたりとくっついてあとを追った。

「すんまへん。サヨですけど、和尚はん、おいやすか」

庫裏に入ってサヨが声を掛けると、すぐに宗海が高い声を上げた。

「おるよ、おるよ。サヨちゃん、なんか用かい、僕は宗海」

てっきり宗和が出てくるものと思い込んでいたサヨは、深いため息をついた。

宗海は御所染色をした淡い紅の作務衣に、本紫色の長い茶羽織を着て、踊りながら現れたのである。

「お住《じゅ》すさんはお留守どすか?」

「うん。今夜は島原のほうに行ってる」

宗海は笑いながら身体をくねらせている。

ふたりの盗人《ぬすっと》があっけにとられているすきに、サヨは仕方なく話を切りだす。

「このおふたりは、うちの遠い親戚のおかたなんどすけど、近江から出てくる途中でお金を落とさはってお困りやそうどす。いくらか金子を貸したげてもらえまへんやろか」

「ふうん。サヨちゃんの親戚に、こんな人がやはったんや」

宗海がふたりをまじまじと見ると、年輩の男が慌てて頰かむりを外した。

「急なことですんまへんなぁ」

ひげ面の男が作り笑いを浮かべた。

「なんぼほど要るん?」

宗海がふたりに訊いた。

「そ、そうですなぁ。まぁ、十貫ほどあったらふたり分の路銭になりますんで」

年輩の男がそう答えるとひげ面の若い男が何度も首を縦に振った。

「十貫も路銭が要るんかいな。えらい贅沢やな。けど、まぁよろしい。他ならんサヨちゃんの身内のかたや。ちょっと待っててね。すぐに用意するさかい」

宗海が鼻歌を歌いながら庫裏の奥に引っ込んだ。

「ほれ、うちの言うたとおりになりましたやろ」

サヨが小声でささやくと、ふたりはかたい表情のまま黙りこくっている。

「十貫でよかったんやな」

宗海が小ぶりの文机《ふづくえ》を玄関先に置いた。

「えらいすんまへんなぁ」

サヨがじろりとにらむと、ふたり組はちょこんと頭を下げた。

「近江から出てきはってお困りやろさかい、おふたりに二十貫お貸しします。こちらに借用書を書いてくださいな」

宗海が二十貫を文机に置き、その横に硯《すずり》と白紙を並べた。

「宗海はん、すんまへん。この人ら字ぃ書くのが苦手ですさかい、うちが代わりに書かせてもらいます。それでよろしいか？」

「サヨちゃんが書いてくれるんやったら、なんの問題もあらしまへん」

宗海は笑顔を絶やすことがない。

サヨがさらさらと筆を走らせる様子を、ふたり組は後ろから首を伸ばして覗きこんでいる。

「これでよろしいやろか」

書き終えて、サヨが宗海に手渡した。

「サヨちゃんは顔もきれいけど、字ぃもきれいなんやね」

宗海は借用書をじっと見つめている。

「おおきに。これでふたりも無事に近江に戻れますわ。ちゃんとお礼言わんとあきまへんがな」


　サヨにうながされたふたりは、無理やり作った笑顔を宗海に向けて頭を下げた。

「うちが居てよかったやろ。和尚は渋ちんやさかいにお金は出さなんだ思いますえ」

　宗海は粘っこい視線をサヨに送った。

「ほんまやこと。よかったなぁ」

　サヨが振り向くとふたり組は笑顔をひきつらせた。

「また美味しいおにぎりをよばれに行くさかい、あんじょう頼みますえ」

　宗海がしなを作って見せた。

　サヨはふたり組を伴って庫裏をあとにした。

「これでよろしいやろ」

　サヨが年輩の男に二十貫を差しだした。

「…………」

　男は無言でサヨの手のひらを見つめている。

「見たとこ、根っからの悪人には見えしまへん。きっとなんぞあってこないなことを思い付かはったんやろけど、二度とこんなことしたらあきまへんえ。お天道さんはちゃんと見てはるんやさかい」

　サヨが男の手に二十貫を握らせる。

「おおきに。おおきに」

男の手の甲に大粒の涙が落ちた。

「すみませんでした」

ひげ面の男もうなだれている。

「悪いときばっかりやおへん。まじめに働いてたら、きっとええことがありますさかい」

サヨは涙目をふたりに向けた。

「名乗りもせんとすんまへんでした。わしは塚本八兵衛《つかもとやへえ》。こいつは息子の定一《ていいち》と言います」

八兵衛が名乗ると、定一はちょこんと頭を下げた。

「親子はんやったんどすか」

サヨがぽかんと口を開いた。

「わしらは、つい一年前まではふつうに暮らしとったんです。女房が作った菓子をわしが売り歩いてました。お武家さんやとかお役人さんにも贔屓《ひいき》にしてもろて。二年ほど前からは息子も菓子作りを手伝うようになりまして」

茶屋の前で問わず語りをはじめた八兵衛が、定一に目を遣った。

「そうやったんですか」

サヨが短く合いの手を入れた。

「あのことさえなかったら、こんなことせなんだんやが」

八兵衛はこぶしを握りしめている。

「なんかあったんですか？」

「異人さん向けの菓子を作ってくれんかと頼まれまして、あれこれ工夫して女房が作ったんです。評判も上々で、ようけ売れるようになって喜んどったんです」

「よろしおしたやんか。これからは異人さんにも食べてもらえるようなもんを作らんとあかん。うちらでもようそない言われます」

「僕もそう思うて、母ちゃんと一緒に新しいお菓子を作っていたんやけど、それを良う思わん人らが居るやなんて思いもしませんでした」

最初は荒々しいと思っていた定一のひげ面が、もの悲しく見えてくる。

「女房が菓子を作っているところへ、攘夷派の侍たちが押し入ってきて、火を点《つ》けたんです。近所の人の話によると、女房はいったん外へ逃げたみたいですが、よほど愛着があったんでしょう。火を消そうとまた家のなかに戻ったみたいで、結局家もろとも灰になってしまいました」

八兵衛の頬に刻まれた深いしわを涙が伝う。

「お気の毒に」

サヨが掛けられる言葉はそれぐらいしかなかった。

「母ちゃんも家も仕事も、ぜんぶなくなってしもうて、残ったんは借金だけ」

定一はがっくりと肩を落とす。

「いろんな菓子を作らんならんさかい、て言うて、金を借りてようけ鍋釜を買うたばっかりでしたんや」

「…………」

　サヨは掛ける言葉を見つけられず、黙りこくっている。

「なんもかもぶち壊しよった攘夷派の連中に仕返ししたろ思うても、丸腰の僕らにはなんにもできひん。せめて攘夷派と親しいして儲けてるやつらから金を盗《と》ったれ。そう思うて」

　定一は悔しそうに唇を嚙んだ。

「それは違いますやろ。お門違いていうことですがな。うちは攘夷やとかそんなこと、よう知りまへんし、そんなおかただけを相手に商いしてるんやおへん。美味しいもんを作って、お客さんに喜んで食べてもらお、ただただそう思うてるだけです。きっとお母さんもおんなじやったんと違います？　こんなことしはったら、おたくらとおんなじ哀しい思いしはる人を増やすだけですやんか。お墓のなかのお母さんも哀しんではると思いますえ」

　サヨが一気にまくし立てた。

「頭では、ようようわかっとるんやが」

　八兵衛が小さくため息をついた。

「もう二度とこんなことせえへんて約束してください」

「わかった。二度とせえへん。なぁ、おやじ」

　定一が八兵衛に顔を向けた。

「約束する。サヨさん、て言いなはったな。この恩は一生忘れん。一生懸命働いて、必ずこの二十貫は返しにくる」

「ほんまでっせ」

サヨがふわりと口元をゆるめた。

「ひとつ訊きたいんやが、なんでわしらが近江のもんやてわかったんです?」

八兵衛が訊いた。

「うちのお父ちゃんやらと、おんなじ手をしてはるさかいどす。うちは近江の草津で生まれて、家は旅籠をしてるんですけど、毎日休みのう働いてはるさかい、手にようけしわがよりますやろ。けど、決して汚《きた》のうない。きれいなしわや。おたくもおんなじです」

サヨに言われて八兵衛は、まじまじと自分の手の甲をさすっている。

「怖い思いをさせてすまんかったな」

定一が詫《わ》びると、サヨはその手を取った。

「お父さんを助けて、一生懸命に働きなはれや。きっとええことがありますさかい」

顔を見合わせてうなずいた父子は、何度も振り返って頭を下げながら『清壽庵』の境内から出て行った。

「よかった、よかった」

平然を装っていたサヨだが、内心は怖々《こわごわ》だったと見えて、ふたり組が見えなくなった瞬間、腰を抜かしたように、へなへなと地べたに座りこんでしまった。

どないです？　手に汗握る展開になりましたやろ。まさか強盗に襲われるとは、夢にも思うてまへんでしたけど、よう考えたら、幕末という時代は、京の街のあっちゃこっちゃで斬り合いがあったんやさかい、物騒な世のなかでしたんやろな。

それにしても、サヨはよう機転が利く女の子ですな。うまいこと強盗から逃れただけやのうて、父子を改心さすやなんて、並の人間にはできまへんで。内心はびくびくもんやったやろに、ほんまに無事でよろしおした。

宗海っちゅう息子もええやつですがな。あそこで借金を断りよったら、どないなったかわかりまへんで。機嫌よう、しかも希望借入額の二倍の金を黙って貸しよったさかい、ふたり組もすんなり引き下がったんですがな。見てくれはちゃらちゃらしとるみたいやけど、芯は案外しっかりしとります。サヨもまんざらではおへんやろ。これを切っ掛けに恋心を抱くようになるんやないやろか。そう思うて読み進んでると、また意外な展開が待ってましたんやわ。

2　小鍋茶屋

一日はあっという間だ。万全の態勢にはほど遠く、急場しのぎという言葉のほうがふさわしい。それでもなんとか『小鍋茶屋』では夜の客を迎える準備が整った。

ほぼいつもどおりに前菜は七品。ふた皿めの魚料理はサワラの味噌漬けを焼くことにした。

肝心の豚鍋もなんとか目途がついた。

豚肉はもっと脂が多いのかと思いきや、黒豚の肉は意外なほど赤身の部分が多く、切り身を厚くすると口のなかでもたついてしまう。できるかぎり薄く切ろうとするが、なかなか思うようにはいかない。

包丁を替え、切り方を変え、なんとか切り身が透けて見えるまでにはなった。

一番の問題は鍋つゆの味付けだ。

昆布とカツオで取った出汁に醬油と味醂、酒で味付けした鍋つゆにくぐらせると美味しいのだが、あまりにありきたりすぎる。

湯豆腐のように、昆布と水だけを入れた鍋で湯通しし、ポンスで食べるのも悪くないが、あまり心は動かない。

どっちの鍋つゆにするかはいったん横に置き、前菜作りに取りかかることにした。

クジラの竜田揚げ、シイタケの旨煮《うまに》、煎り豆腐のニラ和え、煮ハマグリの玉子巻き、川海老の柚子塩焼、トロロのアオサ蒸し、春大根の味噌田楽。

我ながらいい按配の取り合わせになったと思う。あとはどの器を使って、どんなふうに盛り付けるかだ。そして最もだいじなのは料理の手順である。

あたたかいものはできるだけ熱いうちに出したい。料理を作るところから客に出すまで、すべてをひとりで切り盛りするのだから、段取りよくしないと、せっかくの料理が冷めてしまい、美味しさが半減してしまう。

揚げ物は揚げ立て、焼き物は焼き立てが一番美味しいに決まっている。それらは客の顔を見てから取りかかりたい。

と言っても、もたもたしていると客を待たせることになってしまう。そこが一番の悩みどころなのだ。

クジラの竜田揚げと、春大根の味噌田楽はなんとしても熱々を出したい。クジラは下味を付けておくとしよう。田楽味噌だけをあらかじめ作っておき、上に振る胡麻《ごま》も煎っておいたほうがいいだろう。

買い置きの胡麻を壺から取りだしてみると、いくらか香りが飛んでしまっている。直前にもう一度煎るとして、二度煎りすることにする。

炮烙《ほうらく》を水屋から出し、七輪の火に掛ける。

焦がさぬように、ひと握りずつ胡麻を煎るのは根気の要る作業だが、これをするとしないでは、味と芳ばしさに大きな差が出る。

焙烙を火に近づけたり、遠ざけたりしながら胡麻を煎っていると、なんとも言えずいい香りが漂ってくる。

「そや。鍋つゆにこの胡麻を使えへんやろか」

思わず大きな声でひとりごちた。

煎り胡麻をたっぷり使えば、濃厚な旨みが豚肉に絡むに違いない。

すぐに試してみたが、どうにも舌触りが悪い。せっかくの豚肉をざらついた胡麻が邪魔してしまう。でも、胡麻の芳ばしさが豚肉の美味しさを引き立てているのは間違いない。さて、どうすればいいのか。答えを見つけられないまま、ただ一心に胡麻を擂《す》り続けた。

煎り胡麻は擂るほどに粘度を増し、どろりとした練り胡麻に姿を変えた。

「これ、いけるん違うかな」

指に取って、サヨが練り胡麻をなめる。

「これや。これが金やったんや」

サヨが見開いた目をきらきらと輝かせる。

ひと月ほど前だったか、この胡麻を届けてくれた源治が、黄金色をした胡麻を〈金胡麻〉と呼んでいたことを思いだした。

ふつうの白胡麻に比べて芳ばしさが際立っていて希少なものだと言っていたが、それでもいつもとおなじ値段で卸してくれた。

サヨが店をはじめてから、いろんな形で助けてくれる人たちが居て、昼も夜もそれでなんとか成り立っている。本当にありがたいことだと、サヨは心のなかで手を合わせた。

すべての支度が整ったところで、ちょうど陽が落ちた。漬かりすぎないようにクジラの身を取りだすと、表の木戸を叩く音がした。

「ようこそおこしやす」

木戸を開けてサヨが迎えた。

「おじゃまはん」

藤色の着物に濃紺の帯を締めたフジが敷居をまたぐと、でっぷりと太った大きな男があとに続いた。身体を半分に折りたたまないと、鴨居《かもい》に頭を打ちそうなほどの背丈だ。六尺ほどもあるだろうか。

「お手やわらかに」

ふたりに頭を下げた。

「このおかたは吉《きち》さんや。こちらはサヨ。ひとりで料理してるんどすえ」

「よろしゅうたのみあげもす」

短髪の男は、ぎょろりと目をむいた。

「こちらこそどす」

見返して、その目の大きさにも驚いた。これまでに見たこともない風貌は、薩摩という土地柄なのだろうか。藍色の紬《つむぎ》は泥染めに違いない。小上がりにふたりが向かい合って座ると、ちょっとした威圧感がある。

「お酒はぬるめの燗にしとぉくれ」

「承知しました。伏見のお酒をたんと用意してまっさかい、存分に飲んどぉくれやすな」

通い徳利を湯に浸し、前菜の盛付をはじめる。

「よか店じゃなぁ」

吉が茶屋のなかをぐるりと見まわした。

「知らんお人はみな、ここを昼のおにぎり屋やと思うてはるさかい、静かでよろしい。ゆっくりお話を聞かせてもらいまひょ」

フジは背筋を伸ばして、吉をまっすぐに見すえる。

「あいがとごわす」

あぐらをかいた両膝に手を置いて、吉が頭を下げた。

クジラを菜種油で揚げ、前菜の仕上げに掛かったサヨは、湯気の上り具合で燗の温度を目で計っている。

「うちらには、ようわかりまへんけど、吉はんには先が見えてますのんか？」

小さくとも、フジの声はよく通る。台所に立つサヨの耳にもはっきりと聞こえた。

「正直、わしにも先んことは、ようわかりもはん。じゃっどん、こんままやといかん」

吉は大きな声で答えているが、訛《なま》りが強くてその言葉の意味はよくわからない。フジには通じているのだろうか。

「早ぅ世のなかが落ち着いてもらわんと、腰据えてお商売できしまへん。あんじょう頼みまっせ」

「わかりもした。こげんことは早よ片付けんといけもはん」

吉がひときわ大きな声を上げた。

「お待たせしてすんまへん。すぐにお料理をお持ちしますよって」

大きな徳利と杯をふたつ持って、サヨがフジの横に座った。

「こない小さい杯はしんき臭《くそ》おす。吉はんにはもっと大きい湯呑をお持ちしなはれ」

「すんません、気が利かんことで」

サヨは慌てて三和土《たたき》に降り、水屋を開けて色絵の湯呑を取りだした。

吉は苦笑いしながら、フジの杯に酒を注いでいる。

「フジさんには誰も勝てもはん」

「しんき臭いことは性に合いまへんのや」

受けとって一気に杯を飲みほしたフジが返杯した。

「お待たせしました」

湯呑と一緒に運んできた前菜を吉の膳に置いた。

「すげごちそうじゃな。こげな料理は見たこっがなか」

前菜を見まわしながら、吉が目を白黒させている。

「じょうずに言うてくれはるわ」

フジが含み笑いをした。

「本当のこっじゃ」

クジラの竜田揚げを箸でつまんだ吉は、しばらく眺めまわしてから口に入れた。

「お味のほうはどないです？」

フジが湯吞に酒を注いだ。

「うんめか。ほんのこて、うんめか」

クジラを嚙みしめながら、吉が相好を崩した。

「よろしおしたなぁ」

フジがサヨに笑顔を向ける。

「ありがとうございます。ホッとしました」

サヨがすとんと両肩を落とした。

「まだまだ先は長ぉすけどな」

フジが釘を刺した。

「こいはないごてな？」

ふた切れ目を箸で取って吉が訊いた。

「クジラと違うやろか？　なぁ、サヨ」

「はい。クジラの赤肉どす」

台所からサヨが首を伸ばした。

「クジラはこげんうんめかとな」

口に放り込んで、吉は不思議そうに首をひねっている。

「クジラが美味しいだけと違います。サヨの味付けがええんどす」

フジがきっぱりと言い切った。

「そやった、そやった」

吉は湯呑の酒をぐいっとあおった。

「サヨちゃん、こんばんは。お邪魔さん。お客さんやったんか。ごめんね。あのあとどないしたか気になって」

引き戸を開けて宗海が敷居をまたいだ。

「さいぜんは、すんまへんどした。おかげさんで機嫌よう帰ってくれはりました」

駆け寄ってサヨが頭を下げた。

「ケガもなかったみたいやし、よかったやないの。安心したわ」

「ケガて、宗海はん、気付いてくれてはったんどすか？」

「当たり前やないの。サヨちゃんの親戚にはぜんぜん見えへんかったし、さらしのなかにキラッと光るもんはさんではったし」

宗海が腹を二度、三度はたいた。

「ご心配お掛けしました。あのお金はうちがちゃんとお返ししますよって」

「そのことやけどな、この借用書はサヨちゃんに渡しとくわ。万にひとつもないと思うけど、もしも返済に来たらサヨちゃんがもろといてくれたらええし」

宗海が折りたたんだ借用書をサヨに手渡そうとした。

「それはあきまへん。筋違いもええとこですがな。きっとあの人らは返しに来はる思います。ちゃんと受けとってください」

サヨは両手をうしろに回した。

「まぁ、そないかたいこと言わんと受けとってえな」

ふたりが押し問答しているところへ、フジが割って入った。

「客を放っといて、何をごちゃごちゃしてるんや」

「フジさんやないですか」

宗海はよほど驚いたのか、後ずさりした拍子に頭を鴨居にぶつけ、顔をしかめてうずくまった。

「大丈夫ですか?」

サヨが傍らにかがんだ。

「なんの騒ぎですんや」

フジの勢いに気おされて、宗海は頭を押さえながらよろよろと立ち上がった。

「えらいすんません。ちょっと取り込みがあったもんで」

「どんな取り込みやったんや?」

フジがサヨに向き直った。

「へえ。実は……」

立ち上がってサヨがことの顚末《てんまつ》をかいつまんで話した。

「せやから言うてたやろ。くれぐれも用心しいや、て。まぁ、大事に至らんでよろしおした。宗海はん、おおきに。うちからも礼を言うときます」

「フジさんから礼を言うてもらうやなんて、もったいないことです」

宗海が手を合わせた。

「心配してもろておおきに。しつこいようやけど、借用書は持って帰ってください」

「わかったけど、そない怖い顔せんでもええがな」

首をすくめて宗海が茶屋から外に出た。

「お騒がせしてすんまへんどした」

戸締まりをして、サヨが吉の前で正座した。

「いやいや、ええ話を聞かせてもろた。サヨさんて言いなはったな。料理屋の女将にしとくのはもったいないおなごはんじゃ」

「えらい言われようや。こっちは古ぅい料理屋の女将で悪ぉしたな」

フジが小鼻を膨らませてみせた。

「悪かことをゆうてしもた。そげん意味じゃらせん」

「わかってますがな。ちょっと言うてみただけどす」

笑顔に戻してフジが吉に酒を注いだ。

「京都の人と違うて、田舎もんは言葉を知らんもんで」

今度はサヨにも通じた。

「けど、ほんまにええ話や。相手と戦うてやっつけるだけが能やおへん。まぁるう納めることができたら、誰も傷付かんと済みます」

フジが吉の目をまっすぐに見つめる。

「ほんのこて、そう思うとります」

吉がその目を見返した。

「あっちゃこっちゃで斬り合いしてはるのを聞いたら、気が重ぅなります」

フジは春大根の田楽に箸を付けた。

「血を流さんで済ませよごたっ」

腕組みをして、吉は自分に言い聞かせるように何度も首を縦に振った。

前菜が残り少なくなったのを横目で見て、サヨは魚料理に掛かった。

味噌に漬けたサワラを取りだし、布巾でていねいに味噌を拭きとり、焼網に載せる。すぐに煙が上り、芳ばしい香りが広がった。

いつフジから小言を言われるかと、ハラハラしながら料理を作っているが、今のところ機嫌よく食事を進めている。

話の内容によっては、顔を曇らせる場面もあるが、おおむね吉もにこやかな笑顔を絶やすことなく、しっかりと食べて飲んでいる。

味噌に漬けた魚は油断するとすぐに焦げてしまう。かと言って焼きが浅いと生臭さが残ってしまう。焼網を七輪の火から遠ざけたり近づけたりを繰り返すうち、頃合いの焼き加減になった。

「サヨ、お酒を持って来てくれるか」

フジの甲高い声に胸をどきりとさせて、サヨはすぐに燗をつけた。

「お酒はすぐにお持ちしますよって、お魚を食べてててください」

サヨはふたりの膳に、サワラを載せた長皿を置いた。

「良か匂いがしちょっ」

長皿を両手で持って、吉は鼻先に近づける。

「ええ按配に焼けてるやないの。また腕を上げたな」

フジのほめ言葉にサヨは満面の笑みで応えた。

「ありがとうございます。女将さんにそない言うてもろたら、ますますやる気が出ます」

「なんぼ料理がじょうずになっても、気遣いが足らんとお客さんは喜ばはらへん。徳利のやり取りをちゃんと見てたら、お酒の減り具合がわかるはずや。酒持ってこいて言われる前に用意しとかんとあきませんで」

フジにそう言われて、サヨは姿勢をただして顔を曇らせる。

「おっしゃるとおりです。ちょっと焼魚に気を取られてしもうて」

「ひとつのことだけやったら誰でもできます。ふたつ、三つのことを一緒にできんようでは女将と呼べまへんで」

「厳しかしじゃなぁ。わしはひとつんことしかできもはん」

吉が助け舟を出してくれた。

料理と接客の両立は、サヨにとって最も大きな課題であり、かつ難題である。

料理に集中していると、どうしても接客が手薄になり、その逆になることも少なくない。

身体がふたつあれば、と思うこともしばしばあるが、それだけで解決する問題でもないと思いなおす。

燗が熱くなりすぎていやしないか。サヨは慌てて台所に降りた。

料理をする場所と接客する場をもっと近づけることはできないだろうか。サヨはずっとそのことを考え続けているが、なかなか妙案は見つからない。

ぬる燗をたしかめて、サヨが徳利を替えると、ふたりとも長皿を空にしている。素早く三和土に降りたサヨは、急いで鍋の支度に取りかかった。

小ぶりの土鍋をふたつ、竈の火に掛け、八分目ほど鍋つゆを張る。濡《ぬ》れ半紙で覆っておいた豚肉の盛り皿を水屋から取りだす。白菜と青菜、ネギはすでに切って鉢盛りにしてある。表面が少しばかり乾き気味なので霧吹きで水気を補う。いちおうポンスも用意しておいたが、最初は出さないほうがいいだろう。

七輪の炭が熾《おこ》りすぎると鍋つゆがすぐに沸騰してしまうし、火が弱いと煮えが悪くなる。真っ赤に焼けた炭と、白くなった炭と、ようやく火が点いたばかりの炭。この三種類の炭をうまく配置するのが一番の難題だ。

ふたつの七輪の炭もちょうどいい熾り具合だ。先に七輪を小上がりに運び、ふたりの膳の横に置いた。

「鍋はふたつと？」

ふたつの七輪を交互に見て、吉が目を白黒させている。

「ここのお鍋はひとりずつに出してくれるんどす。そのほうがケンカにならんで、よろしおすやろ」

「なっほど。そげんこっと」

大きくうなずいて、吉は湯呑をゆっくりと傾けた。

土鍋に張った鍋つゆの味をたしかめて長手盆に載せ、そろりと小上がりに運ぶ。

鍋から漂ってくる匂いは予想通りに上々だ。

「お待たせしました。豚肉とお野菜をお鍋に入れてもろて、鍋つゆと一緒に召しあがってくださいさい。薬味は一味と粉山椒をご用意してますさかい、お好みで足してください」

薬味を入れたふたつの小鉢は、ふたりの間に置いた。

「こんた旨そうな豚じゃな」

「薩摩やおへんけど、阿波の豚も美味しいんどっせ」

「阿波は猪だけやなかとじゃなあ」

「お気に召したらええんどすけど」

フジと吉が同時に土鍋のふたを外した。

「こんた鍋は珍しか」

鍋のなかを覗きこんで、吉は歓声を上げた。

「この匂いはひょっとして……」

鍋に顔を近づけてフジが鼻を鳴らした。

「利久《りきゅう》鍋て名前を付けてみたんどすけど、どうですやろ」

「やっぱりそうか。けど、この上に浮いてる黄色い脂はなんえ?」

「さぁ、なんどっしゃろ。食べて当ててみてください」

「『菊屋旅館』の女将を試そういうんかいな。当ててみまひょ」

フジが木杓子で鍋つゆを掬って小鉢に移した。

「わっぜうんめか」

口いっぱいに豚肉を頬張って、吉は満面の笑みをサヨに向けた。

「よかったぁ。気に入ってもらえるやどうや、ずっと案じとりました」

サヨが笑顔を返した。

「……………」

吉とは対照的に、フジは表情を変えることなく、黙って口を動かしている。

豚をふた切れ、その合間に野菜を食べ、ごくりと飲み込むと、そっと箸を置いてサヨに顔を向けた。

「何も言うことおへん。ようこんなええ味に仕上げたなぁ。鍋のつゆにバタを使うやなんて、ふつうの料理人は絶対に思い付きまへん。こない美味しい豚鍋は生まれて初めて食べました」

フジの言葉を聞いたサヨの目尻から涙があふれ出た。

「おおきに。おおきに」

言葉を続けることができず、サヨは洟《はな》をすすりあげた。

「ほんのこて、フジさんはよか人じゃのう」

吉も目を潤ませている。

「思うたことを、そのまま言うてるだけどすがな」

フジがくすぐったそうな顔をした。

ていねいに擂って練り胡麻にしたものを、出汁に溶かし、醤油と味醂、酒で味付けした鍋つゆは、自分でも驚くほど美味しく仕上がった。おろしたニンニクとバタを隠し味に使ったことも成功の要因だろう。吉が箸を止めることなく食べ続けているのを見ると、料理人冥利につきる。

そして何より、フジから合格点をもらえたことが心底嬉しい。

辛いものが好きなのか、吉は鍋つゆが赤く染まるほど一味を入れている。いっぽうでフジは粉山椒を少し振っただけで、鍋つゆそのものの味を愉しんでいるようだ。

ポンスを出すかどうか迷ううち、皿に盛った豚肉が残り少なくなってきた。

「〆は何を用意してるんや？」

フジがサヨに訊いた。

「ささめうどんを用意しとりますけど、雑炊がええようやったらそれもできますけど」

「ささめうどんて、なんじゃしか？」

「細いおうどんのことですわ。そうめんほど細いことはおへんけど、蕎麦よりはちょっと太めどす」

「うどんが好きじゃって、そいは愉しみじゃ」

どうやらポンスの出番はなさそうだ。

ささめうどんは茹で時間が短くて済むのがありがたい。大鍋で沸かしている湯に三束の麺を放り込んだ。吉はきっとふた束分くらい平らげるに違いない。

ここまでくればひと安心。ホッとひと息ついたサヨは甕《かめ》の酒を湯呑に汲《く》んだ。

酒をひと口飲んで、うどんを一本菜箸で掬い、前歯で茹で具合をたしかめた。

鍋つゆで煮ることを考え、いくらかかために留めて笊にあけ水で締めた。

「吉さんに頼みがあります」

フジが身体を乗りだした。

「ないじゃしか？」

吉もひと膝前に出した。

「たかが料理屋の女将どすさかい、うちらにむずかしいことはわかりまへんけど、一番だいじなんはお天子はんやと思うてます。お江戸のかたにもそれを伝えてもらえまへんやろか」

「ようようわかっちょ。そいがいっばんだいじなこっちゃ。そんことはフジさんに約束すっ。

じゃっどん、相手がどうゆかはわかりもはん」

吉は唇をかたく結んだ。

「そこが吉さんの腕の見せどころと違いますのんか？　京の都とお江戸があんじょう手ぇ結んで、諍《いさか》いが起こらんようにする。あんたはんにしかできひんことや思いますえ」

「…………」

両腕を組んだまま、微動だにしない吉は目を閉じて思いを巡らせているようだ。

フジはじれったそうに口を開きかけては、思いとどまるように口をつぐむ。重苦しい空気がふたりを覆っている。

「さあさあ、おうどんにしまひょ」

頃合いを計っていたサヨが、ふたりのあいだに割って入った。

竹笊に盛られたささめうどんは、艶々と白く輝いている。

「ほんに美味しそうなおうどんやこと」

「こいは旨そうなうどんじゃなぁ」

ふたりは明るい顔を取り戻して口を揃える。

料理屋をやってよかった。つくづくそう思う瞬間である。

フジの言っていることも、それに対する吉の言葉も、正直サヨにはよくわからない。ふたりは、正しい答えを探りあっているのかもしれないが、それはいつまでも続きそうに思えてしまう。

美味しいものを前にすれば、誰もがそれをいっとき横に置くことができるのだ。

竹笊から掬ったうどんを、サヨはふたりの鍋に少しずつ入れた。

「いっぺんにようけ入れてしもうたら、おうどんが伸びてしまいますよって、こないして食べる分だけお鍋に入れて、温《ぬく》とまったら食べてください。おネギの刻んだんを置いときますさかい、薬味にしとぉくれやす」

鍋つゆと一緒にふたりの小鉢に取り分ける。

「胡麻の香りと味がおうどんに絡んで、ほんまに美味しおす」

ひと口食べてフジが頬をゆるめた。

「ほんのこて、うんめからうどんじゃなぁ」

口をもぐつかせながら、吉はにこやかな笑みを浮かべている。

「たんと召しあがってください。足らなんだらまた茹でますさかい言うとぉくれやすな」

立ち上がってサヨが三和土に降りた。

無事に料理を終えた安堵感と達成感が胸の裡に膨らんでいく。サヨは湯呑に残った酒をぐいと飲みほした。

追加にまでは至らなかったが、ふたりはひと筋も残すことなく、うどんを食べ切った。

「腹がよかひこにないもした」

畳に後ろ手を突いて、吉がおくびをもらした。

「よろしおした」

フジがサヨに顔を向けた。

「たんと食べてもろて、ほんまに嬉しおす」

サヨは茶を淹れながら、ふたりに向けて首を伸ばした。

「さっきん話は忘れもはん。フジさんの気持ちをでじにすっ」

吉が大きく見開いた目をフジに向けた。

「よろしゅう頼みましたで」

フジが鋭い視線で見返した。

食事を終えたふたりは茶屋を出て、『清壽庵』の参道をゆっくりと歩いている。

「ええ時候になりましたなぁ」

送りに出てきたサヨが闇夜に浮かぶ葉桜を見上げた。

「ほんに。暑ぅもなし、寒ぅもなし。こないなええ時季は短いもんどす」

「いつまでも続っとよかとじゃが」

吉が立ち止まって桜の木の幹をなでた。

「ええ夜になりました。礼を言いますえ」

サヨに向き直ったフジが腰を折る。

「とんでもおへん。お礼を言うのはこっちのほうどす」

サヨが何度も頭を下げた。

「あいがとももしゃげもした。ほんのこてうんめか料理やった」

吉がサヨの手を取って力を込めた。

「おおきに。よかったらまた来とぅくれやす」

サヨがその大きな手を強く握り返した。

山門をくぐって境内を出たふたりは、時折り見送るサヨを振り向きながら、やがてその姿を闇夜に隠した。

〈さげ〉

めでたし、めでたし、っちゅうやつですな。

フジはんが連れて来はった客が誰か、おおかたの想像は付きますな。例によって大福帳には本名やとかは書いておまへんさかい、あくまで想像でしかおへんけど、たぶんあの人ですやろな。

それはさておき、黒豚鍋はほんまに旨そうでんな。胡麻を溶かしこんだ鍋つゆて、今で言うたら担々鍋《たんたんなべ》みたいなもんやろ思います。中華麺はまだ京都にはなかったんですやろかね。もしあったら絶対サヨは中華麺使うて、〆に担々麺《たんたんめん》を出しよったはずですわ。

けど、ささめうどんて言うのも、いかにも京都らしいてよろしいな。品がありますわ。たぶん当時も京のうどんは、コシの弱いっちゅうかコシのない麺やった思いますけど、ささめうどんはちょっとだけコシがありますさかい、中華麺の代わりにはぴったりやわ。

それにしても、フジはんはええ人ですな。言うべきことはビシッと言うて、ほめるときは、やさしいにほめはる。こういう人が身近に居ったら、間違うた道に進まんと済みますな。サヨは恵まれとります。

その点、今の料理人はんは気の毒ですな。小言を言うどころか、幇間《ほうかん》みたいにべたぼめする客ばっかりでっさかい、すぐ天狗になってしまいよる。成長せえへんのですわ。

余計な話は置いといて、次はどんな客が来て、何を食いよるのか愉しみですやろ。これがあんた、またびっくりするような客が来てますねん。ほんでね、ちょっとした事件も起こりますねん。おあとがよろしいようで。

第四話

鱧鍋

〈まくら〉

七月に入って祇園祭《ぎおんまつり》が近づいてくると、なんやしらんウズウズしますな。京都に住んでるもんは、みなそう言うてます。

祇園囃子《ばやし》て知ってはりますやろ？　コンコンチキチン、コンチキチン。梅雨の終わりころになったら、あれが京都中のあちこちから聞こえてきますねん。

しらふのときはそんなことおへんけど、お酒でも入っとったら、勝手に身体が動いてしまいます。阿波踊《あわおど》りみたいに、決まった振付があるわけやおへんで。好き勝手に手やら足をくねくねするだけですわ。

祇園祭がいつからあるや知らんけど、大昔からあることだけは間違いおへん。疫病退散を願うて始まったお祭りでっさかい、今年なんかは盛大にやらんとあきまへんな。

あれは中止、これは延期やとかばっかりやったら気ぃが滅入《めい》るだけです。ぱぁーっといきまひょかいな。

祇園祭のことをね、我々京都人は、祇園さんて呼んどります。我々京都人て、えらそうに言いすぎましたな。自分では京都人や思うとっても、なかなか認めてもらえしまへん。

都は三代っちゅう言葉があります。三代続けて京都に住んどらんと、都人て認めてもらえまへん。最低条件は百年ですな。百年ぐらい京都に住んどったら、京都の人やなぁて言うてもらえます。けど、それは言うたらエントリーできただけですねん。こっから先が大変です。お店でもそうでっせ。昭和初期創業の老舗菓子店、なんて言うたら京都人から袋叩《ふくろだた》きにあいまっせ。最低でも創業してから百年超さんと老舗て呼べまへん。

烏丸御池《おいけ》の近くに『尾張屋《おわりや》』はんっちゅう蕎麦屋があるんでっけど、この店が創業しはったんは応仁《おうにん》の乱の二年前やそうです。ゆうに五百年超えてますけど、そんな店があちこちにあるんやさかい、ほんま京都いうとこは凄《すご》い街です。

サヨをライバル視しとる秀乃の『大村屋』は享保年間創業みたいでっさかい、立派な老舗料亭ですわ。それと比べるのは憚《はばか》られますけど、サヨの『小鍋茶屋』てなもんは、赤子みたいなもんです。

それでも秀乃はサヨを目の敵みたいにしとるんやから、よほどその腕を怖《おそ》れとるんですやろな。どの世界でもおんなじですけど、強敵になりそうな相手は、早いうちにその芽を摘んどこうとしますんや。

その点、上方落語の師匠連中はわしのことなんか気にも掛けてまへん。ちょっとは気にして欲しい思うてます。

それはさておき、京都て、ほんま面倒くさいとこでっしゃろ？　けど、それが京都の値打ちを高めてることにもつながっとるんです。ハードルは高けりゃ高いほど挑み甲斐《がい》があるっちゅうもんです。

そんな面倒くさい京の都で料理屋をやっとるサヨには苦労が絶えまへんのやが、『菊屋旅館』の女将のフジはんやとか、店の場所を借りとる『清壽庵』の和尚やらに助けてもろて、どうにかこうにか続いとるようです。

夜はともかく、昼のおにぎり屋は日増しに評判も高まってきましてな、今や花街の芸妓《げいこ》はんらも、競うて買いにきはるようになったようです。

その切っ掛けになった話が、いかにもサヨらしい、ていうか、さすがサヨやなぁて思わせます。

例によって、話を持ち込んで来たんはフジはんです。

1　雨に濡れた着物

しとしとと降り続く雨は難敵だ。そこいら中が湿気だらけになり、ちょっと油断するとあちこちにカビが生える。充分に気を付けているので、食材そのものがカビることはほとんどないが、台所の流しの隅っこだとか、水屋の奥のほうにカビが生えているのを見つけると、胸がどきりとする。食べもの商売にカビは天敵とも言える。

カビを防ぐには一にも二にも清潔を保つしかない。休日の朝早くから店の掃除に精を出すサヨを、藤吉をお伴《とも》に連れたフジが訪ねてきたのは、お昼前のことだった。

「こないだはおおきに。おかげさんで吉はんも喜んではったわ」

フジは手ぬぐいで着物の雨を拭いている。

紫陽花《あじさい》の花に合わせたのだろうか、淡い紫色の着物に桃色の帯がよく似合う。

「女将さんから聞きましたで。サヨちゃん、えらい腕上げたそうやな。わしもいっぺんよばれたいもんや」

藤吉はフジの背中に布を当てた。

「とんでもおへん。まだまだ勉強せんならんことはようけおます」

サヨがふたりに座布団を奨めた。

「今日はちょっとサヨに頼みがあって来ましたんや」

「なんですやろ？」

　茶を淹れながらサヨが訊いた。

「サヨちゃんが作ってるおにぎりを食べたいていう人がおるんや」

　藤吉が答えた。

「お安いご用どす。いつでもお越しいただいてかまいまへん。今ごろの時間やったら、ちょっとだけ並んでもろたら、間違いのう買うてもらえる思います」

　サヨがふたりに茶を出した。

「それがな、夜に食べたいて言うてはるんや」

「わけあって昼に並んだりはできんお人ですのや」

　藤吉とフジが揃ってサヨの顔色をうかがっている。

「そない言うてもろても。お昼に作ったもんは夜まで持たしまへんし」

　サヨが顔を曇らせる。

「夜用に作ったげるわけにはいかんか？　夜のお客さんは毎日やないやろし」

　フジが食いさがった。

「わかりました。フジさんに頼まれて、うちがお断りできるわけおへん。詳しいに聞かせとぉくれやすか」

　サヨがフジの隣に腰かけた。

「うちのだいじなお客さんで、井上《いのうえ》さんていうかたがいてはるんやが、そのかたが贔屓にしてはる芸妓はんが、サヨちゃんのおにぎりをどうしても食べたいて、言うてはるそうや」

藤吉が身体を乗りだして答えた。

「芸妓はんですか。そら嬉しいことどすけど。お口が肥えてはるやろし、お気に召すやらどうや自信おへんなぁ」

サヨはまだ少しためらっている。

「サヨらしいないな。なんでもやってみたらええやないの。これまでやって来なんだことをやるのは勇気がいるけど、決して無駄にはならんはずや。サヨが作ったもんを食べたいて言うてはる人がやはるんやったら、気張って作るのがあんたの役割ですがな」

フジが強い口調で迫った。

「承知しました。やってみます。いつ、どないしたらよろしいんやろ」

サヨはようやく心を決めた。

「おおきに。よう引き受けてくれた。実は明日の晩に、井上はんがうちへご飯を食べに来はることになっとる。ほんで、そのあとに祇園へ遊びに行きはるさかいに、おみやに持って行きたいて言うてはる」

ホッとしたように口元をゆるめ、藤吉はサヨに向き直った。

「何人分ぐらい用意したらよろしいやろ」

「そやなぁ。十人、いや男衆《おとこし》さんやらの分も入れて二十人前作っといてくれるか」

サヨの問いにフジが答えた。

「承知しました。間違いのう明日の日の暮れにはご用意しときます。具はおまかせしてもろてよろしいか?」

「もちろんどす。男衆さんらにも分けはるやろけど、ほとんどは芸妓はんやら舞妓《まいこ》はんが食べはるんやさかい、荒けない具やないほうがよろしい」

「せいだい無い知恵を絞って、喜んでもらえるようなおにぎり作ります」

「陽が落ちたころにわしが取りに来るよって、それまでに用意しといてや」

藤吉がそう言うと、フジはゆっくり立ち上がった。

「そうそう。肝心なことを忘れるとこやった。おにぎりの代金はなんぼやったかいな」

「二個ひと組で十文いただいてますねんけど、ふつうにちょうだいしてよろしいんやろか」

サヨが上目遣いに訊いた。

「当たり前どすがな。十文が二十やさかい二百文。藤吉、頼むえ」

フジが片手を広げると、藤吉が縞の財布から素早く金を取りだしてサヨに手渡す。

「五百文やなんて、そないようけもらえません」

サヨが手のなかの銭を数え、何度も首を横に振った。

「ふつうのおにぎりやない。特別に頼んだんやさかい、割増するのは当然のことですがな。その代わり、ええおにぎりを作っとぉくれやっしゃ」

言い置いて、フジは引き戸に手を掛けた。

「そういうことや。せいだい気張りや」

藤吉があとに続き、ふたりは店をあとにした。

ふたりが出て行ったあとの店で、サヨは五百文をおしいただいてから、あれこれと思いを巡らせている。

芸妓や舞妓との接点は無いに等しいサヨにとって、どんな具材が好まれるのか、想像すらつかない。フジの言う、荒けない具がどういうものを指すのかは、おおむね察しはつくのだが。

華やかな着物を着て、きれいに髪を結った女性とおにぎりは、まるで結びつかない。

そもそもおにぎりは手づかみで食べるものだが、そこからして花街の女性には似合わない気がする。

フジのたっての頼みとあって、引き受けてしまったが、今になって後悔しはじめている。

客が食べている姿を想像して、料理の内容を考えるのがサヨの流儀なのだが、思い描けないことには何もはじまらない。

小上がりに座りこんだサヨは、両腕を前で組み、深いため息をついた。

二倍以上もの代金なのだから、昼のおにぎり屋とおなじものというわけにはいかない。特別なおにぎりにしないとフジの顔を潰すことになる。かと言って昼の客もおろそかにはできない。

明日の昼は、定番となっている鯖おぼろと、梅昆布に決めている。それこそが、フジの言う荒けない具なのだろう。芸妓や舞妓にはもう少し繊細なというか、華やかな具が必要だ。

思いばかりを巡らせていても仕方がない。とにかく『杉源』に行ってみよう。今の時間ならまだ源治が店番をしているはずだ。サヨは掃除をあとに回して、錦小路へ急いだ。

歩きながらも、サヨの頭からおにぎりが消えることがない。

芸妓ならご馳走《ちそう》なんて食べ飽きているかもしれないから、素朴な具材のほうが喜ばれるような気がする。だがフジからは、荒けないものは無用と指示されている。それより何より、どんな芸妓かは知らないが、おにぎりを頬張る姿がどうしても浮かんでこない。

気が焦ると足早になるのはサヨの習いだ。小走りで通りを往くサヨに、多くの人は道を開け、すれ違ったあとに振り向く。

ようやく『杉源』にたどり着くと、ひと仕事終えたのか、源治はキセルを手に煙草をふかしていた。

「えらい勢いで近づいてくる女の子がおるなぁと思うたら、やっぱりサヨやったんか」

「気が急いたもんやさかいに」

店の前で立ち止まったサヨは、大きく肩で息をしている。

「どないした。なんぞ急に要り用なもんでも?」

「そうですねん。源さんのお知恵を借りよう思うて来ましたんや」

サヨはまだ息を切らせている。

「わしの知恵なんか、たかが知れとる。サヨのほうがよっぽど頭が回るやないか」

「そんないけず言わんといてくださいな。実はね……」

サヨはフジから依頼されたあらましを、かいつまんで源治に伝えた。

「芸妓はんに食べてもらうおにぎりかぁ。どんな具がええやろなぁ」

キセルの灰を地面に落とし、源治は思いを巡らせているようだ。

「フジさんは、荒けないもんはあかん、て言うてはったんですけど」

「女将さんらしいなぁ。けど、わしもそう思うで。ええもん使うたほうがええやろ」

「ええもんて？」

サヨが訊いた。

「そやなぁ。たとえば鯛なんかはどうや？」

「鯛、どすか。焼くか煮るか。うん、鯛はええかもしれんな」

「ちょうど明石の鯛が一匹あるさかい持って行くか？」

源治が木箱を開けて小ぶりの鯛を見せた。

「きれいな鯛やこと。言うことおへんけど、高ぉすやろな」

上目遣いに源治と目を合わせた。

「女将さんの頼みにサヨが応えるんやったら、わしも一肌脱がんわけにいかんがな」

「おおきに。やっぱり源さんは頼りになるわ」

「調子のええやっちゃ」

源治が苦笑いした。

『杉源』をあとにし、鯛を手にサヨは急いで店へ戻る。

焼くよりも煮るほうが、おにぎりの具には使いやすい。少し濃いめに味を付けて海苔で巻けば華やかなおにぎりになりそうだ。

サヨは軽やかな足取りで『清壽庵』の境内を歩き、店の引き戸を開けた。

たすきを掛けて早速鯛をさばきに掛かる。

小ぶりではあるが、持ち重りがする鯛は色も鮮やかで、思わず見とれてしまうほど美しい。

美しいものは必ず美味しい。美味しいものは必ず美しい。サヨはかたくそう信じている。

ウロコを剝がし三枚におろした鯛の、背と腹の身は竹笊に載せ、アラだけを鍋に入れて酒を注いで火に掛ける。

刺身で食べられそうな身を前にして、サヨは少しばかりためらっている。

濃い味を付けて煮てしまうのは、いかにももったいない。鯛の持ち味を生かすには、かすかに塩を当てて軽く炙るくらいでいいかもしれない。

鯛はひとまず置くとして、もうひとつはどんな具にしようか。

鯛を塩おにぎりにするなら、もうひとつは海苔巻きおにぎりだ。鯛とは異なる持ち味の具と言えば何だろう。片っ端から食材を思い浮かべてみるものの、これと決められるようなものはない。

鯛は魚の王さまとも姫とも呼ばれている。その反対は、となるとジャコだろうか。そうだ。ジャコをしぐれ煮にすればいい。御所の女性たちはジャコのことを〈ややとと〉と呼ぶと聞いたことがある。ジャコは荒けないかもしれないが〈ややとと〉と呼べば上品だ。きっとフジが言いたかったのは、そういうことなのだろう。そう思いはじめると、急に目の前が明るくなったような気がした。

ジャコだけだと見た目が荒けない。何かと合わせよう。何と合わせればいいか。

おにぎりの具は外から見えないとは言え、かじると誰もがなかの具を目でたしかめる。芸妓や舞妓がかじった場面を想像してみた。

ジャコを醤油で煮ると茶色くなる。海苔の黒、ご飯の白、ジャコの茶。この三色だけだと美しいとは言えない。

ふと思いだしたのは、塩漬けにしておいた実山椒だ。茹でてアクを抜き、塩に漬けて甕に保存してある実山椒を取りだしてみると、鮮やかな緑色をしている。これを加えれば見た目は俄《が》然《ぜん》美しくなる。

これで決まりだ。鯛の塩おにぎりと、ややとと山椒の海苔巻きおにぎり。あとはどんな味付けにするかだ。

気持ちを軽くしたサヨは、通い徳利から湯呑に酒を注ぎ、しっとりと喉を湿らせた。


いっつも思うんでっけど、サヨはそうとうな酒豪ですやろな。隙あらば飲んだろ、っちゅうのは、よっぽどの酒飲みでっせ。

いっぺんでええさかい、差し向かいで飲んでみたいもんです。

けど、さすがは祇園の芸妓はんですな。サヨのおにぎりを食べてみたいて、旦那はんを通じて言わはるんですな。井上はんていうのが、どんな人かは知りまへんけど、きっと大立者ですんやろ。

相変わらずサヨは絶好調みたいです。鯛をおにぎりの具にするやなんて、ようそんなこと思い付きますな。これは源治はんのお手柄や思いまっけど、もう一個のほうにジャコを使うてこそ生きてくるんやさかい、やっぱりサヨの技あり、かもしれまへん。

余計な話ですけど、わしコンビニのおにぎり好きですねん。ひとつ百円そこそこにしては、ほんまに旨い思います。けど、焼飯やとかオムライスやとか、無理筋の具が少のうないです。やっぱり、おにぎりは、おにぎりらしい具やないと。それに比べるとサヨはようわかってますな。鯛にしてもジャコにしても、正統派のおにぎりの具ですがな。

幕末のころと今の貨幣価値が、イマイチわしはようわかってまへんのやけど、吟味した食材やとか、手間の掛け加減を考えたら、サヨのおにぎりは、えらいお値打ちなんと違いまっしゃろか。

さて、いよいよ当日になりましたんやけど、サヨは肚《はら》が据わっとります。いつもどおりに昼のおにぎり屋を開けますと、すでに行列ができとります。

「今日の具はなんや？」

包みを受けとって、大工の留蔵がサヨに訊いた。

「塩おにぎりのほうには、鯖のおぼろが入ってます。海苔巻きのほうは留さんの好きな梅昆布です」

サヨが答えた。

「それは嬉しいなぁ。そろそろ梅昆布が出てくるころやないかと、さいぜん勘太に言うとったんや。なぁ」

留蔵が後ろに並ぶ勘太に、おにぎりの包みを見せた。

「さすが留さんや。ええ勘してはるわ。鯖のそぼろはわしの好物やし。今日はええことがありそうですな」

左官の勘太が嬉しそうに留蔵の肩を叩いた。

ふたりのやり取りを聞いて、サヨはホッと胸を撫でおろした。

たかがおにぎりひとつでも、そのなかにどんな具が入っているかを愉しみにしてくれる客は少なくない。

おなじものばかりだと飽きられるが、いっぽうで、このふたりのように、好物の順番が回ってくるのを、心待ちにする客もいる。その按配が一番むずかしいのだ。

その意味でも常連客の存在はありがたい。顔を思い浮かべながらおにぎりを作れるからだ。

昼のおにぎり屋には、おおむね百人ほどの常連客がいて、そのほとんどの顔と名前を憶《おぼ》えている。

おにぎりの具を何にするかは、たいてい前々日に決めるのだが、まず常連客の顔が浮かび、すぐにその好物があとに続く。

そうして作ったのに、その常連客が来ないとがっかりする。そんな日は決まって何ごともうまく行かないのだ。今日はきっといい日になる。サヨは胸を弾ませた。

「お次のかたはおいくつしましょ？」

首を伸ばすと、初めて見る男の顔が険しく歪《ゆが》んだ。

「買いに来たんやない。文句言いに来たんや」

「文句て言いますと？」

「一昨日ここのおにぎりを買うて帰ったうちのヤツがな、腹壊しよったんや。その医者代をもらいに来た」

頬に傷跡の残る男は声にドスを利かす。

「そうどしたか。そら悪いことどしたな。ほなうちがそのお薬代を払わしてもらいます。どちらのお医者はんどした？」

「どこの医者て、そんなもんうちのヤツしか知らんがな」

「それがわからんかったらお返しできまへんな」

「面倒くさいこと、ごちゃごちゃ言うてんと一両ほど出したらええやろ。出さなんだら、大きい声で言うで。ここのおにぎり食うたら腹壊すでて」

「どうぞ言うとぉくれやす。お客さんが減ったら、うちも楽になりますわ。どこのお医者はんでいくら払わはったんか、わかったらまた来とぅくれやす。すんまへん、みなさん待ってはりますので、お引き取りいただけますか」

きっぱりと言い切った。

「おいおい、なんや知らんけど早ぅしてくれ。腹が減って死にそうなんや」

ふたりのやり取りを聞いていたうしろの客が男に言った。

「けっ。覚えとれよ。あとでほえ面かいても知らんぞ」

捨て台詞を残して、男は去っていった。

「あー怖かった」

男が見えなくなったのをたしかめて、サヨがその場にしゃがみこんだ。

「なんや、怖かったんかいな。ぜんぜんそんなふうには見えなんだで」

留蔵はよほど驚いたのか、目を白黒させている。

「ひるんだら負けや思うて」

サヨがのっそりと立ち上がった。

「あの男、どっかで見たことあるなぁ」

勘太が首をひねった。

「ごろつきにようある顔やがな」

留蔵が鼻であしらった。

「そや、思いだした。こないだ『大村屋』の離れを普請しに行ったときに、店の周りをうろついとったヤツや」

「そう言うたら、あんな男がおったな。立派な料亭には不似合いなヤツがおるなぁと思うた覚えがある」

客におにぎりを手渡しながら、留蔵と勘太の会話を耳にしたサヨは、ぴくりとこめかみを震わせた。

サヨの頭にはふたつの考えが浮かんだ。

ひとつは、さっきの男が飲食店を専門に脅していて、『大村屋』もその被害に遭った一軒だということ。

もうひとつは、さっきの男が『大村屋』と懇意にしていて、結託しているのでは、という疑念だ。

前者だと思いたいが、秀乃の顔を思いだすと、後者の疑いもぬぐい切ることはできない。

脅しに遭ったことよりも、『大村屋』が関わっているかもしれないという思いのほうが、はるかに大きな衝撃だった。

まさか、と、やっぱり、が交錯する。

商いを続けながらも気はそぞろだ。もしもあの男が『大村屋』の差し金だったとすれば、このままでは終わりそうにない。得体の知れない恐怖に包まれる。

だがその直後に、いくらなんでも、という思いも胸をよぎる。秀乃がサヨを強く意識していることはよくよく承知しているが、かと言ってここまでの嫌がらせをするだろうか。

重い気持ちを押し隠し、ようやくおにぎり屋の仕事を終えたサヨは、店のなかへ戻るなり、小上がりに倒れ込み、畳につっぷして深い眠りに落ちた。


若い女の子やのにホンマしっかりしとりますな。慌てず騒がずて、大の男でもなかなかできまへんで。

こういう類のことは、今もむかしもたいして変わりはないようですな。今でいうクレームっちゅうか、イチャモンを付けて金をせびろていう話。わしの友だちに鮨屋《すしや》が居てますねんけどね、こういうヤツには毅然《きぜん》として対応せんとあかんて言うてましたわ。面倒臭ぉなって金払うたが最後、何回でも来よるらしい。仲間に情報が回るんでっしゃろな。あの店はビビりやさかい金払いよるで、て。

たしかにそうかもしれんけど、いざ、そういう事態に直面したら、ふつうはビビっていくらか払うてしまいまっせ。

わしなんか高座に上がってて、――おもろない。木戸銭返せ――て言われたら、すぐに懐から財布出してしまいますわ。

さぁ、しかし、どっちですんやろ。サヨやないけど迷いまんな。考えとうないけど、あのいけずな秀乃やったらあり得んことはない。

ちょっとビビらしたれ、ぐらいのことは言いそうですがな。

こんなん言うたら叱られそうでっけど、女の人いうのはしつこいでっさかいな。それも嫉妬心となると尋常やおへん。押しも押されん老舗料亭の若女将なんやさかい、で一んとかまえとったらええのにと思いますけど、欲張りなんでっしゃろ。サヨの存在そのものが目障りなんですやろね。

そこへもってきて、祇園の芸妓はんまでがサヨのファンになりそうやてなったら、居ても立ってもいられん、っちゅうとこですやろ。ちょっといけずしたれ、てなっても不思議やおへんわな。

祇園やとか花街というところは、ものすごいこと情報網が発達してるんやそうです。朝起こったことが昼前には、その花街中に知れわたるてなことは、当たり前やて聞いたことがありますす。村みたいなもんなんですやろ。

誰ぞが滑った転んだ、てな話が人伝てにすぐに広まるくらいでっさかい、どこの芸妓がどうしたこうした、っちゅう話はあっという間に広まります。

これで、その芸妓はんがサヨのおにぎりを祇園中に広めたりしたら、秀乃の嫉妬心はますます強まる思います。さぁ、どないなりますんやろ。

その日の夜のことである。

陽が暮れるか暮れないかというころに、約束どおり藤吉はおにぎりを取りに来た。

あれこれと工夫を凝らしたおにぎりを無事に渡し終えたサヨは、ホッとひと息つき、ひとり酒を飲みながら、翌日のおにぎりを仕込みはじめる。

料理を作ることが心底好きなサヨにとって、この時間が一番の愉しみなのだ。客の顔を思い浮かべながら、具材を煮たり焼いたりして、翌日の商いに備える。

夜の客が居ればそうはいかないが、小上がりに小机を出し、徳利と杯、有り合わせの料理を盛った皿を並べ、客気分になって小さな宴《うたげ》を張る。

鯖のそぼろを奴豆腐《やっこどうふ》に載せたものは、染付の小鉢に入れ、梅昆布は信楽の小皿に盛った。三切れ残しておいた鯛の切り身は昆布〆にして白磁の角皿に盛ってワサビを添える。これだけあれば、二合ほども酒が飲めそうだ。

サヨはしばしば、こういう時間にひとり鍋を愉しんでいる。客に出した鍋を再現し、反省と改良の機会にすることもあれば、新しい鍋料理を試すことも少なくない。

この夜は使い残した鯛のアラを使って、新たな鍋料理に挑戦することとした。

座ったままで調理できるよう、小机の前に七輪を置き、その周りに鍋の具材を置く。鯛のアラ、野菜、豆腐、調味料と小鉢など、必要なものを口に出してたしかめ、順に並べていく。
小さな土鍋に利尻昆布を敷き、酒と水を張って七輪の火に掛ける。

切り分けた鯛のアラは一度湯通ししておいてから鍋に入れる。煮立ってきたら、塩、醬油、味醂で味を付け、ショウガの絞り汁を加える。

ほどよく味が染みわたったころを見計らい、木杓子で鍋つゆを小鉢に取り、小さなアラを沈めた。

香りもよく、見た目には美味しそうだ。アラを口に入れたサヨは骨際の身を前歯でこそげとった。

しっかり旨みの乗った鯛に比べると、いかにも鍋つゆの味が弱い。何かが足りない。鯛の身をじっくりと味わいながら、思いを巡らせていたサヨは、やおら立ち上がって水屋のなかから小さな壺を取りだした。

半年ほど前に源治からもらった氷砂糖である。希少なものだと聞いて、たいせつに保存していたが、どう使えばいいのか迷ううち機会を逸していた。

一寸角の氷砂糖を半分に割ったサヨは、ひとつだけを手のひらに載せ、残りは壺に戻す。

小上がりに戻り、小机の前に座ったサヨは、氷砂糖をそっと小鍋に落としいれた。

すぐに溶けるかと思ったが、なかなかその形は崩れない。

しばらくのあいだ、じっと鍋のなかを見つめていたサヨは小鍋に箸を入れて、鍋つゆの味見をした。

氷砂糖が鍋つゆに溶けだしたのだろう。淡く上品な甘みが加わり、思ったとおりの味になっている。

これならどんな食材にも合いそうだ。ニンマリ笑いながら、徳利の酒を杯に注いだ。

青菜を鍋つゆに泳がせ、小鉢に取って口に運ぶ。鯛のアラから出た出汁が青菜にまとわり、なんとも言えず美味しい。

調理したものをすぐに食べることができる。鍋料理は実によくできている。小机の向こうは調理場なのだ。

「そや。これや。鍋料理だけやない。焼いたもんも、蒸したもんも、これやったらすぐお客さんに食べてもらえるやんか」

少しばかり酔いが回っているせいもあってか、ひとり言にしてはずいぶん大きな声だ。

「けど、こっちが座って料理するわけにはいかへんな。お客さんは座ってもろて、料理するほうは立って……」

立ち上がったかと思えばまた座りこむ。ぶつぶつとつぶやきながら、それを何度も繰り返している。

頬を真っ赤に染めているのは、酒のせいだけではない。長く思い悩んでいたことの答えが、突如見つかった気がして、胸を高ぶらせているせいでもあるのだ。

しかしながら大きな難関があることに気付いたサヨは、がっくりと肩を落とし、深いため息をついた。

と、そのときである。店の木戸を一、二度叩く音が聞こえた。

気のせいか、と思ったところへ、またおなじ音がした。

押し込みか。いや、昼間のあの男かもしれない。身をかたくして、サヨはすり足で木戸に近づき、錠前がしっかりと掛かっていることをたしかめて、見えない相手に問いかけた。

「どちらさんどす？」

身がまえて耳を澄ませる。

「サヨちゃん、遅うからすまんな。わしや。『菊屋旅館』の藤吉や。話があるんやが、ちょっとここを開けてくれんか」

間違いなく藤吉の声だ。サヨは木戸の前で問いかける。

「ほんまに藤吉さんですか？」

「わしや。妙見はんの使いで来たで」

妙見という言葉にホッとして、サヨは慎重に錠前を外した。

「怖がらせてすまなんだな。女将さんの名代で話をしに来たんやから、かんにんしてや」

引き戸を三寸ほど開けたままにしているのは、藤吉の気遣いなのだろう。

フジの名代と聞いて、サヨは酒を飲んでしまったことをいくらか後悔した。もしかすると今夜のおにぎりに何か不都合があったのかもしれない。その苦情を藤吉が伝えに来たのだとすれば、いかにもバツが悪い。

「すんまへん。明日の仕込みをしてたもんやさかい、ちょっと赤い顔してしもて」

藤吉に座布団を奨めた。

「ご苦労はんやったな。常と違うことをさせてすまんこっちゃった。女将さんがそう言うてはった」

藤吉は襟元を合わせ、居住まいをただしてから腰をおろした。

「おおきに。もったいないお言葉です」

傍らに立って頭を下げた。

藤吉の表情を見ると、どうやら苦情ではなさそうだが、まだ気をゆるめるわけにはいかない。背筋を伸ばして次の言葉を待つ。

「話をしとったように、井上はんが今夜うちへ食事にお越しになって、サヨのおにぎりを持って祇園へ行かはったんやが、向こうの芸妓はんらが食べて、えらい喜んでくれはったんやそうや」

藤吉の笑顔を見て、サヨの目に見る見る涙がたまった。

「ほんまによかった」

「よかったなぁ。井上はんが贔屓にしてはる芸妓はんはキミさんて言うんやそうやが、そのキミさんが、こんな美味しいおにぎりを食べたんは生まれて初めてや、とえらいほめてくれはったと、お茶屋の女将さんがうちの女将さんへ伝えてくれはった」

藤吉がそう言うと、サヨの目から涙があふれ出た。

「ほんまにありがたいことどす」

サヨは涙を袖でぬぐう。

「井上はんの計らいで、うちの女将とわしも食べさせてもろたんやが、ほんまに旨いおにぎりやった。旨いだけやのうて、あの形に仕上げたことも、キミはんがえろう感激してはったらしい。わしも感心した。芸妓はんやとか舞妓ちゃんが大きい口開けて食べんでもええように、細長ぅして小さいおにぎりにするやなんて、サヨちゃんやないと思い付かんこっちゃと、女将さんと話してたんや」

「そない言うてもろたら、うちもほんまに嬉しおす。最初はいつものおにぎりを作ってたんどすけど、舞妓はんやらが食べはるとこを、どないしても想像できひんかったんで、半分の大きさにして、おちょぼ口でも食べてもらえるように、細長ぅしてみたんどす。これやったら、きれいなお顔のままで、食べてもらえるんやないやろかと思うて」

「さすがサヨちゃんやなぁ。常日ごろから、どないしたらお客さんに喜んで食べてもらえるかを考えて、料理を作っとるさかいにできるこっちゃ。わしらも見習わないかんなぁ、と女将さんと言うとった」

「見習うやなんて、とんでもおへん。うちが今やってることは、みなフジさんから教えてもろたことどす」

「形だけやない。あの鯛のおにぎりには女将さんも舌を巻いてはった。真っ白けの塩おにぎりやさかい、最初見たときには、なんや、具が入っとらんのかいな、と思うたんやが、食べてびっくり。塩焼にした鯛の身を細こぅほぐしてご飯に混ぜこんだぁるがな。塩加減もええ塩梅やったし、これやったらいくつでも食えるなと思うた。あんな上品なおにぎりをよう思い付いたもんや」

　腕組みをしたまま藤吉は、何度も顎を左右にひねった。

「あれも急に思い付いたんです。舞妓はんて白粉《おしろい》を塗ってはりますやろ。真っ白なおにぎりやったら喜んでもらえるんと違うかなぁて」

「舞妓の白粉を喜ぶのは、旦那衆のほうやけどな。話の本題はこれからや。わしはサヨのおにぎりをほめるためだけに、こんな夜遅ぅに来たんやない。話っちゅうのはほかでもない。晩飯の客のことや」

　藤吉がサヨに真顔を向けた。

「おおきに。ここしばらくは夜のお客さんは入ってしまへんさかい、いつでも言うとぉくれやす。どなたか紹介してくれはるんどすか？」

「三日後の夜なんやが、お客さんは入ってへんか？」

「へえ。次は五日のちだけです。祇園さんのお祭りが近づいてきましたさかい、それどころやないんと違いますやろか」

「よかった。三日後しか来れんて言うてはるのは、さっき言うた芸妓のキミはんや」

「芸妓はんがうちの晩ごはんを食べに来はるんですか？」

　サヨの声が裏返った。

「よっぽどおにぎりが気に入らはったんやろな。祇園さんの祭りで忙しいしてはるのに、どうしてもサヨちゃんの晩ごはんが食べたいて言うてはるんや」

「ありがたいことや思いますけど、おにぎりと晩ごはんは別もんです。芸妓はんて言うたら、しょっちゅう料亭の料理を食べて、口も肥えてはるやろし」

サヨが顔を曇らせる。

「また、そんな気弱なことを言うとる。女将さんに叱られますで。あちらさんが食べたいて言うてはるんやから、それに応えるのがサヨちゃんの仕事やないか」

「どなたとお見えになりますんやろ」

おそるおそる訊いた。

「ひとりで来たいて言うてはる。サヨちゃんの料理を、じっくり味わいたいて思うてはる証拠や」

藤吉がサヨの目をまっすぐ見た。

「わかりました。つつしんでお引き受けします。他ならんフジさんのご紹介やさかい、精いっぱいやらせてもらいます」

「それでこそサヨちゃんや。よろしゅう頼むで」

「ご承知や思いますけど、うっとこの晩ごはんは小鍋立てが主菜どす。なんぞご希望がありますやろか」

「それなんやけどな、キミはんは鱧《はも》が食べたいて言うてはるんやそうや。サヨちゃんは鱧の料理が得意やさかい、ちょうどええんと違うか」

「わかりました。ええ鱧が入ったらええんですけど。明日の朝一番に源さんに頼んでみますわ」

「もしええ鱧が入らんかったら、ほかのもんでもええて女将さんが言うてはった。サヨちゃんの目ぇにまかしとく」

「だいじなことを訊くのん忘れてました。そのキミさんの干支は何ですやろ」

「うっかりしとった。干支を訊かんとどの妙見さんにお参りしたらええのかわからんかったんやな。すぐに訊ねて返事するさかい、明日まで待っとってや」

「よろしゅうお願いします」

「遅ぅから邪魔してすまなんだ。ゆっくり続きをやってくれな」

杯を口に当てる仕草をして、藤吉が店を出て行った。

「いっぺんに酔いが覚めてしもたな」

錠前を掛けたサヨは、徳利から杯になみなみと酒を注ぎ、喉の音を鳴らせて飲みほした。


次々と難題も降りかかってきますけど、着実にそれをクリアしていって、間違いのうサヨは階段を上ってますな。

今の時代やったら、例の格付け本にも載るのと違いますやろか。さすがに星は無理としても、ビブグルマンくらいはいけそうな勢いでっせ。言うても『大村屋』はんの三ツ星には遠く及びまへんやろけど。

それにしても、フジはんみたいなベテランの女将もびっくりしたっちゅう、鯛のおにぎりを食べてみたいもんですな。ややとと山椒の海苔巻きおにぎり、はなんとのう想像が付きますけど、鯛の真っ白い塩おにぎりはどんなもんなんか、思い浮かびまへん。白飯だけの塩おにぎりやと思うて食べたら、鯛の味がしたて、なんとも粋な仕掛けですなぁ。遊び心がないと料理はつまらんてよう言いますけど、まさにそんなとこですわ。

そんなおにぎりを食べたら、晩飯も食いとぅなって当たり前ですわな。

ほんでお題は鱧でっか。サヨの腕の見せどころやろけど、はたしてええ鱧が入るんやろか。心配ですな。

今は祇園祭て言うたら鱧。鱧て言うたら祇園祭っちゅうぐらい、付きもんみたいになってますけど、幕末のころはどうやったんですやろ。

今や京都の夏のご馳走て言うたら鱧。誰でもそう言います。祇園祭は別名を鱧祭ていうぐらいですけど、なんで京都で鱧やねんて、疑問に思わはりまへんか？

鱧がどこで獲れるかて言うたら、京都から一番近いとこやと瀬戸内海ですわ。有名なとこで言うたら淡路ですな。淡路の鱧は全国的にも有名ですけど、京都からはけっこう距離ありまっせ。

今でこそ流通が発達してまっさかい、瀬戸内から京都まで生きたまま鱧を運べますやろけど、幕末のころには高速道路もおへんし、しかも六月上旬ですやろ。京都まで届いたときには腐ってたかもしれまへん。せやのに、なんで鱧祭て言うぐらい、夏の鱧料理が名物になったんかて言うと、鱧はほかの魚に比べて、図抜けて生命力が強いんやそうです。せやから淡路の鱧が、腐らんと京都まで届くんやて言われとります。

そこまでは、京都の料理人はんやら魚屋はんが言うてはることなんですが、わしが知りたいのはその先ですねん。なんで鱧だけが生命力が強いんや、て、それを知りたい思いまへんか？

これね、わし調べてみたんですわ。ほしたら、えらいことがわかりました。よろしいか？　びっくりしなはんなや。なんと鱧はねぇ、エラだけやのうて皮膚でも呼吸しとるいうことがわかりましたんや。知りまへんでしたやろ？　せやさかい海から揚って、水の入った桶でのうても、京都まで生きたまま運ばれてきたんですわ。

ここでまた疑問がひとつ浮かびます。それやったらなにも京都やのうても、近江でも摂津でも丹波でも、鱧料理が発達しそうなもんやけど、そうはならなんだ。なんでや？

これはまぁ、簡単にわかる話ですな。よう言われとるように、鱧をさばくのは、熟練の技術が要るということですわ。

鱧はめちゃくちゃ骨が多い魚やそうで、そのままやととても食えん。口中血だらけになるくらいらしいでっせ。その鱧の身ぃ一寸に二十五本の包丁目を入れて、しかも薄皮を残すてな技は、京都の料理人しか持ってなんだ。それで京都で鱧料理が発達したいうわけですわ。これで納得ですやろ？

さぁ、それが幕末のころにどやったか、まではようわかってまへん。けど、サヨはその技を習得しとったみたいでっさかい、ええ鱧さえ手に入ったら、旨い鱧鍋をこしらえよりますやろ。源さん次第っちゅうこってすな。

ところで妙見はんでっけど、キミさんの干支は卯やと翌日知らせが来ました。卯の妙見はんは、たしか鹿ケ谷の『霊鑑寺』においやしたな。わしも覚えましたわ。

サヨの店から直線距離で四キロほどありまっさかい、むかしで言う一里。道は曲がっとるし、鴨川もわたらんならん。ざっくり片道一時間半ほどとして、往復で三時間ほどは見とかんなりまへん。

わしらからしたら、ひと仕事や思いまっけど、サヨはちゃっちゃっと済ましてしまいよります。

まぁ、初めてのときと違うて、おおかたの道筋は覚えとるんで、スムーズにたどり着きます。ほんで、この前もそうでしたけど、ここの妙見はんは姿を見せまへんのや。ごそごそと音はしても、サヨの前には出てきまへん。その代わりに、五行てなむずかしい話を、サヨにさらっと教えてやりましたわな。どうやら卯の妙見はんは、そういう役目みたいです。

鹿ケ谷『霊鑑寺』にたどり着いたサヨは、前回とおなじく息を切らせながら、やっとのことでお堂の前に立った。

「こないだはおおきに、ありがとうございました。おかげさんであんじょういきました。なんべんもすんまへんけど、また卯年《うさぎどし》のお客さんがお見えになりますねん。どうぞよろしゅうお願いします」

サヨは目をかたく閉じ、手を合わせて一心に祈りを捧げる。

と、お堂の奥で何かがうごめく気配がした。

「よう来たな。けど、礼には及ばん。わしの役目やさかいな。それにしても、よう繁盛しとるやないか。そのことをありがたいと思わなあかんで」

前回とおなじく、声はすれども姿は見えずだ。サヨはお堂の奥に向かって深く頭を下げる。

「はい。ほんまにありがたいことや思うてます」

「五行と陰陽をだいじにしたらええ」

「五行は覚えましたけど、陰陽てどういう意味です？」

サヨが首をかしげる。

「いろんな意味があるさかい、ひと言では言えんけど、簡単に言うたら、陰は暗ぅて陽は明るい。陰と陽は陰日向《かげひなた》の関係やと思うたらええ」

「はあ。陰日向ですか。ほな、うちは陰ですねんな」

サヨは納得がいかないという顔をしている。

「陰が悪いんやない。陽と陰は一対なんや。男は陽やし、女は陰や。陰陽互根と言うてな、互いが存在するさかい、おのれが成り立つということなんや」

「わかったような気ぃもしまっけど、もひとつようわからんようにも思います」

「まぁ、おいおいわかってくるやろ。木ぃがあって火ぃになる。巳のサヨにとっては、卯の客はいつも以上にだいじにせんとあかんで。サヨが火ぃになって燃えるには、その客の木ぃが要る。今日はそれだけ覚えて帰ったらええ」

「わかりました」

再びかたく目を閉じ、サヨが長い祈りを捧げるうち、妙見はもとに戻っていった。

2　小鍋茶屋

いつもなら、日の暮れと時をおなじくして訪れるのだが、この夜の客は遅がけになると聞いていた。

陽が落ちてから一刻、二刻経ってもまだ、その気配すら感じない。

準備万端整えているつもりだが、抜かりはないだろうか。もう一度たしかめてみる。

朝方に源治が届けてくれた鱧は、須磨の港に揚ったものだと言い、受けとったときにはまだ、うっかりすると指でも嚙みちぎられそうに、鋭い歯を見せて木桶のなかで暴れていた。

息の根を止めたはずなのに、時折り〈つ〉の字に曲がった魚体を伸ばしたりする度に、どきりとさせられる。

今宵《こよい》の前菜は七品用意した。

カツオのたたきには酢味噌《すみそ》を添えた。きんぴらはゴボウとニンジン。鯉の甘露煮、コハダの酢〆、油揚げと青菜の煮付け。芝海老《しばえび》のかき揚げと、大アサリの貝殻焼は客の顔を見てから調理に掛かる。

一番迷ったのはふた皿めとなる魚料理だ。

小鍋立ての鱧がそこそこの分量になるので、それと味が重ならないようにするためには、白身の魚は避けたいところである。

となるとマグロが最適だと思うのだが、カツオのたたきを前菜に出す予定なので、刺身というわけにはいかない。焼いてみたこともあるのだが、どうもしっくりこなかった。

大根あたりと一緒に煮付けるのが無難だろうと思いながらも、今ひとつ気が乗らない。

いつもの赤身よりも脂の多い部分があったので、それを使ってみることにした。そしてここでも、芸妓に似合うようにひと工夫した。はたして喜んでもらえるだろうか。

うっかり行燈を出すのを忘れていた。

急いで菜種油を注ぎ火を灯《とも》した行燈を手にして店の外に出る。

木戸の引き手が見えるように行燈を置き、清めの盛り塩に手を合わせ、店のなかに戻った。

待ち人がなかなか来ないと、つい酒に手が伸びそうになるが、さすがにそれはできない。湯呑に水を汲んで喉を潤すと、木戸を叩く音がした。

「どうぞお入りください」

勘の働くサヨは表に立っているのが芸妓のキミだと確信した。

「こんばんは。お座敷《ざしき》終わってから着替えてたんで、えらい遅ぅなってしもてすんまへんどした。キミと申します」

藍地の浴衣姿で敷居をまたいだキミは、思った以上に小柄だ。

「ようこそ、おこしやす。サヨと申します。どうぞよろしくお願いします」

緊張した面持ちでサヨが迎え入れた。

「ええ匂いがしてること」

キミは鼻をひくつかせて、店のなかを見まわしている。

「芸妓さんに、こないむさくるしい店に来てもらうのは気ずつないんですけど、どうぞお上がりください」

「なにを言うてはりますのん。うちのほうこそ無理を言うて」

三和土で下駄を脱いだキミは、そっと小上がりに素足を運んだ。

「お酒はどないしましょ？」

サヨが訊いた。

「ええ時候になってきましたさかい、燗はつけてもらわんでもよろしいわ」

「承知しました。ほなご用意させてもらいますんで、しばらくお待ちください」

炊事場に立ったサヨは、甕の酒を徳利に注いだ。

「そうそう。お礼を言うのを忘れてました。こないだは美味しいおにぎりを作ってもろて、おおきに、ありがとうございました」

座布団を外してキミが畳に三つ指を突いた。

「とんでもおへん。芸妓はんやら舞妓はんに食べてもらえるようなもんやないのに」

「噂に違わんどころか、あない美味しいおにぎりをいただいたんは、生まれて初めてどした」

「おそれいります。祇園の芸妓はんにそんなこと言うてもろたら、あとが怖ぅなります」

キミの前に座って酌をする。

「サヨちゃんは近江の生まれやそうどすけど、どこでお料理を覚えはったんどす？」

しごく自然に返杯をするキミに、サヨは素直に杯を受けた。

「おおきに。草津の実家が旅籠をしてますんで、小さいころから板場に入って遊びながら、親方から自然と料理を教わったんです」

サヨが杯を返した。

「そうなんや。うちは丹波の生まれどすさかい、近江みたいな華やかなとこに、ずっと憧れてたんどすえ」

「とんでもおへん。近江て言うても草津は京都とは比べもんにならへん、ほんまの田舎どすえ」

サヨはキミの口調を真似、片膝をついて立ち上がった。

「鯛のおにぎりはホンマに美味しおした。けど、なんて言うてもあの形に感心しました。舞妓ちゃんらも大喜びどしたえ。紅を引きなおさんでもええのがありがたいて」

膝を崩すことなく、背筋もピンと伸ばしたままで、ゆっくりと杯を傾ける所作は、一幅の美人画を思わせるほど美しい。

「そないほめてもろたら、料理を出しにくおすけど、前菜をお持ちしましたんで、お酒のお供にしとぅくれやす」

キミの膳に料理を並べて、徳利の酒を注ぐ。

「きれいなお料理やこと。やっぱりおなごはんが作らはると、お膳の上に華が咲きますな」

にこやかな笑みを湛《たた》えて、キミが膳の上を見つめている。

「おおきに。お味のほうもお気に召したら嬉しい思います」

片膝を突き、サヨがゆっくりと腰を上げる。

「いただきます」

両手を合わせてから箸を取るキミは、時折りあどけない表情を見せる。芸妓と聞いてもっと年上かと思ったが、もしかすると、おなじくらいの年行きだろうか。

キミの様子を横目にしながら、大アサリを貝殻のまま炭火に掛ける。油の温度を菜箸の先でたしかめ、芝海老にコロモをまとわせて、そっと鍋肌を滑らせる。これで前菜は完了。次は魚料理だ。

「この鯉も美味しおすなぁ。臭みもおへんし、ええお味が染みこんでて。子どものころに食べてた、臭～い鯉とはえらい違いどすわ。また山椒の香りがよう合うこと」

口元を押さえながら、キミが相好を崩した。

「近江でもちょっとは使うてましたけど、京の都ほどのことはおへなんだ思います。木の芽の葉っぱやら山椒の実やら、粉山椒だけやのうて、いろんな料理に山椒を使うのに、最初はびっくりしましたけど、今は山椒がなかったら困るようになってしまいましたわ」

芝海老のかき揚げを、菜箸で油から引き揚げた。

「うっとこの田舎は、そこらじゅう山椒だらけどしたさかい、ありがたみもなんにもおへんかったように思います。葉っぱをお醤油で煮ておかずにしてましたけど、子どものころは、ちっとも美味しい思いまへんどしたな」

甘露煮に添えられた木の芽を、キミは愛おしそうに口に運んだ。ちょうど大アサリも焼きあがり、醬油が焦げた香りを放っている。前菜の残り二品をサヨがキミの膳に載せた。

「ひとりで料理して、ひとりで料理出して、大変どすやろ」

ねぎらう言葉のやさしさが心に沁《し》みる。天性のものなのか、それとも芸妓という仕事を通して体得したものなのか。ふつうの言葉だけなのに、しっかりと胸に響く。

そうか。そういうことなのか。

サヨは胸の裡《うち》で手を打った。

特別な言葉ではない。誰でも言いそうな言葉なのだが、キミの口から語られるとまっすぐ胸に届く。当たり前のことだが、そこにキミの真情が込められているからだろう。

舌先三寸とはよく言ったもので、おなじ言葉であっても、そこに心が籠っていなければ胸を打つことはない。

料理もおなじだ。特別希少なものを使わなくてもいい。ありきたりの食材を使って、ふつうの調理法であったとしても、心を込めて食べる相手の気持ちに添えれば、美味しく感じてもらえるはずだ。

あらためて目の前に並ぶ料理を見ながら、サヨは身を引きしめた。

さりげないなかにも、ものを食べる仕草に品格とも言うべき所作が見てとれる。さほど歳も変わらないはずのキミは、どんな経緯で芸妓になったのだろうか。

「うちはほんまに田舎の生まれどっさかい、失礼なこと訊いてたら、かんにんしとぅくれやっしゃ」

膳をはさんでサヨが向かい合って座った。

「うちも似たようなもんどすさかい、なんでも訊いとぉくれやす」

キミはにこやかな笑顔で応える。

「丹波みたいな鄙びたとこに生まれはって、なんで華やかな芸妓はんになろう思わはったんです？」

サヨは丸盆を傍らに置いた。

「サヨちゃんて言いなはったなぁ。うちが答えるまでもおへん。ちゃんと答えを言うてはりますやん。鄙びた田舎に生まれ育ったさかい、都の祇園に憧れたんどすがな。サヨちゃんもおんなじと違います？」

キミが差しだした杯を受けとった。

「なにを言うてはります。料理人と芸妓はんでは世界が違いますやんか。舞妓はんやとか芸妓はんは誰でも成れるもんと違うけど、料理人なんて成りたかったら誰でも成れます」

注がれた酒を一気に飲んで返杯する。

「それは逆と違いますやろか。たしかにいろんな習い事したり、言葉遣いやら行儀は厳しいにしつけられますけど、それさえ守って身に付けたら舞妓になれますし、務め終えたら芸妓になれます。けど、料理人さんは違いますやん。三日前にいただいたおにぎりなんか、ふつうの人は逆立ちしても思い付きまへんし、ましてや美味しいに作ることは誰にでもできることやおへん。才能て言うんかしらん。神さんがそういう力を与えてくれはらへんかったら、絶対立派な料理人には成れしまへんえ」

「穴掘って入りとうなりますわ」

サヨが顔を紅く染めているのは、酒のせいだけではない。

「お客さんに喜んでもろてナンボの世界や、いうのは一緒どすけどね」

「嬉しいけど、もったいないお言葉どす」

「また、そんなこと言うてはる」

キミが歯を見せて笑った。

「次のお料理の支度しまっさかい、ゆっくり召しあがっててください。お酒が足らんようになったら言うてくださいね。気が付かんこともある思いますんで」

「よろしゅうおたの申します」

キミが艶っぽい声をサヨに向けた。

ほろ酔い加減で、ふた皿めとなる魚料理に取りかかる。これまでのところは、キミも機嫌よく食事を進めているようなので、サヨの心も軽い。鼻歌が出そうになるのを抑え、淡い醤油地に漬けておいたマグロを、焼網で炙りはじめた。

脂が多い身なので、すぐに煙が上り、それとともに芳しい香りも立ち上る。マグロと言えばもっぱら脂の少ない赤身を使ってきた。刺身はもちろん、煮るにしても脂の多い身は味がくどくなりそうに思えて敬遠してきた。

――脂の乗った身ぃはホンマは旨いんやで。あっさり食うコツはな、ワサビをようけ載せることや。軽ぅ炙ってもええ。まぁ、いっぺん食べてみいや――

源治の奨めに従って味見した刺身は、口に入れるなりすぐにとろけ、マグロならではの旨みだけが舌に残った。源治が言うとおりに山ほどおろしワサビを載せたが、脂分で辛みが中和されたのか、鼻に抜けるような辛みはまったく感じられなかった。

なんとなく、ではあるが、これなら芸妓にも似合うのではと直感したサヨは、格安で手に入れたマグロの腹身を使って、あれこれと調理を試み、たどり着いたのが、漬けの炙り焼だったのだ。

マグロの腹身を引き造りにし、醬油と味醂、酒、おろしワサビを合わせた漬け地に、四半刻《はんとき》ほど漬ける。それを炭火でさっと炙り、おろしワサビと焼海苔を添えて皿に盛る。

「お待たせしました」

急ぎ足で小上がりに足を運んだサヨは、空になった器を下げ、青磁の丸皿に盛った炙りマグロを膳に載せた。

「見たことない料理が出てきましたなぁ」

杯を手にしたキミが、丸い目を白黒させている。目尻が下がったうりざね顔は、格別の美人とは言えないが、人を惹《ひ》きつける愛らしさを備えている。

こうして間近で見ると、まだあどけなさも残っている。ときに見せる妖艶な横顔との釣り合いが取れないようにも思えるが、それもまた花街に生きる女性の性なのかもしれない。

「ワサビが苦手と違うたら、たっぷりマグロに載せて、海苔を巻いて召しあがってください。お味は付いてますさかい、そのままで」

サヨが徳利の音を立てて酒を注いだ。

「苦手どころか、ワサビは大好物どすねん。鼻につーんと来るのが、なんとも言えまへん」

小豆のひと粒ほどもあるかというワサビを載せ、海苔で巻いたマグロを口に運ぶ。

「なんのお肉やろ。モミジにしては柔らこおすし、ボタンみたいな臭みもおへんし。もしかしてサクラどすか？」

箸を置き、杯を手にしたキミが首をかしげる。

「さすが芸妓はんや。きれいに言わはること。うちらはついつい、これは鹿のお肉やとか猪さんやとか言うてしまいまっけど」

「花街の人間いうのは夢を売らんとあかん仕事どすさかいに。お客さんが食べはるときに、動物を想像してげんなりしはらんように気ぃ付けてますねんよ」

さっきより多めにワサビを載せ、キミがふた切れ目を口に入れた。

「今夜はええ勉強させてもろてます」

中腰になってサヨが酒を注いでいる。

「うちのほうこそどす。答えを教えとぅくれやすか？」

腰を浮かせたキミが杯を返した。

「マグロですねんよ」

「ほんまに？」

キミは垂れた目を大きく見開く。

「いっつも赤身しか使うたことおへんでしたさかい、こない脂の乗った腹身はどないやろか思うてたんでっけど、ちょっと炙ってみたら、びっくりするぐらい美味しなったんで。気に入ってもろて嬉しおす」

「お江戸のお客さんもようお越しになるんどすけど、みなさんマグロは赤身やないと、て口を揃えはります。これ、教えたげよかしらん」

青磁の皿はほとんど空になってきた。

「すぐにお鍋の用意しまっさかい、ゆっくり飲んでてください」

徳利を振って中身が少なくなっていることに気付き、慌てて小上がりから三和土に下りた。

「ちっとも急がしまへんえ。こないしてひとりでご飯よばれることはめったにおへんさかい、ゆっくり愉しませてもろてます」

ほんのり頬を染めて、キミは手酌酒をしている。

細やかに気遣いながら、押し付けがましくならないのも天性のものなのか。いやいや、花街で身に付けた術なのだろう。

いよいよ鍋の出番だ。すっかり定番になった小ぶりの土鍋をふたつ、水屋から取りだして、それぞれに別の鍋つゆを張った。

「サヨちゃんはお肉の料理も得意なんでっしゃろ？」

キミが首を斜めに伸ばしてサヨに訊いた。

「得意ていうほどやおへんけど。菊屋の女将さんがそない言うてはりました？」

サヨは鍋つゆの味をたしかめている。

「カツさんが言うてはりました。干したシシ肉が美味しかったて」

キミは杯をなめ、天井に目を遊ばせている。

「カツさん？　ああ、角ばった顎のカッちゃんですか。えろう気に入ってくれはって、ずっとしゃぶってはりました。お知り合いどすか？」

手ぬぐいを使いながら、サヨがキミの前に立った。

「お客さんどす。祇園の『一力』はんでお会いしましたんえ」

「親しいしてはるんですか？」

芸妓と客のあいだには、どんな思いが行き来しているのかを知りたくなった。

「お客さんのお名前もやけど、ほんまはお座敷でのことは言うたらあかんのやけど、なんとのう、サヨちゃんには言いとぅなります。ここだけの話にしといとぅくれやすな」

キミが唇の前で人差し指を立てた。

「承知しとります。うちも一緒ですわ。ついうっかり、カッちゃんのことも、顎の角ばった人とか言うてしもてからに」

サヨがペロッと舌を出した。

「ふたりだけの内緒にしときまひょな」

声は外に洩《も》れるはずもないのだが、キミが声を潜めてみせた。

卯の妙見の言葉を思いだしたサヨは、急いで大徳利を持ってキミの前に座った。

「キミさんは妙見はんをご存じどっか？」

「詳しいことは存じまへんけど、うちの守り神さんやて聞いて『霊鑑寺』さんの卯の妙見はんにお参りさせてもろたことはあります」

「うちは巳年の生まれやさかい、清水の『日體寺』の妙見はんに守ってもろてます。ほんで卯も巳も陰やて知ってはりました？」

サヨは前のめりになっている。

「そうらしおすな。うちのだいじな人も未の生まれやさかい、陰どうしやなぁて言うてましたんや」

キミが頬をほんのり染め、浴衣の懐をそっと手のひらで押さえた。

「キミさんには、だいじな人がおいやすんでっか？」

おそるおそるといったふうに、サヨが上目遣いで訊いた。

「ほんまに内緒どっせ」

キミが懐から小柄《こづか》を出して見せた。

「すんまへん。なんのことやらようわかりまへんのやけど」

小柄をしげしげと見ながらサヨが首をかしげる。

「相手のおかたは、うちらの国のために一生懸命働いてくれてはります。うちもちょこっとだけお手伝いさせてもろてます。こんなご時世どすさかい、いつなんどき、どないなるやわからしまへんやろ。先に形見分けしてるようなもんどす」

キミが小柄を見せると、サヨはじっとそれを見つめている。

「形見分け、どすか。うらやましいような、寂しいような」

サヨが顔を曇らせる。

「サヨちゃんは好きな人はおいやすのか？」

不意に問われ、サヨの頭にはひとりの男性の顔が浮かんだが、すぐにそれを打ち消した。

「寂しい話でっけど、今は料理のことしか頭におへんのどすわ」

「そうどすか。ほんまに寂しいことどすな。たぶんうちらは、そない長いこと生きられしまへん。好きなおかたを思い浮かべながら、最期のときを迎えとおすねん」

「キミさんみたいなおかたが、長いこと生きられへん、て言わはったら、うちはどないしたらええのか、わからんようになります」

サヨが哀しげに眉をひそめた。

「余計なこと言うてしもて、かんにんどすえ。そんなこと言うつもりやなかったんどすけど、一生懸命に料理作ってはるサヨちゃん見てたら、長いことその幸せが続いて欲しいなぁて思うてしもて。ほんまに何言うてるんやろ。自分でもわけがわからんようになってしもた」

そう言ってキミが目尻をぬぐった。

キミの涙のわけがまったくわからない。サヨは重苦しい空気から抜け出ようとし、薄笑いを残して鍋の支度に戻った。

鱧の鍋をどんな味付けにするか。さんざん迷ったが、結局ひとつに絞り切れなかった。ならばと、サヨは二種類の鍋つゆを作ることにした。

ひとつは塩と酒と昆布だけを使い、透き通ったつゆにし、もうひとつは、醤油と味醂、鯖節とかつお節、イリコを使って甘辛い味に仕上げた。

鱧は中途半端な魚だとサヨは思っている。鯛のように旨みを湛えるわけではなく、おなじ長モノの鰻やアナゴのような個性も感じられない。

だが、それを逆手に取れば、いろんな味に染まるということにもなる。塩味と醤油味のそれぞれに薬味を加えると、また味わいに変化が出て食べ飽きることがない。

種を抜いた梅干しの身を潰し、味醂で伸ばしたものに、刻んだシソの葉を混ぜる。これは塩味のつゆ用。青山椒の実を細かく叩き、醤油と酒で煮詰めたものは、醤油味用にした。

ふたつの七輪に載せた鍋を膳の傍らに置くと、キミがいぶかしげに首をかしげた。

「誰ぞほかにお客さんがお越しになりますのんか?」

「とんでもおへん。キミさんだけどす」

空になった器を下げて、膳の上に薬味や取り鉢を並べる。

「そういうことどしたか。いろんな工夫をしはるんやね」

察しの早いキミは、二種類の鍋つゆで鱧を食べ分けるのだと見抜いた。

「いろいろ試してみたんでっけど、ひとつの味に決め切れへんかったんで、二種類の鍋つゆをご用意しました。ええ鱧どっさかい、さっと鍋つゆをくぐらせてもらうだけでええ思います。薬味を添えてますんで、よかったら一緒に召しあがってください」

薄く切った鱧を、放射線状に並べた藍色の皿は唐草模様が透けて見えている。

「これホンマに鱧どすか？　うちが食べてた鱧とはぜんぜん違うんどすけど」

鱧を前にして、キミが目を見張った。

「細こぅに骨切りして、身ぃを開いたら薄造りみたいになるんどす」

「鱧てこないきれいな魚どしたんやねぇ」

「生きてるときは、鋭い歯ぁむいて、怖い顔してはりまっけど」

「こっちが塩味で、こっちが醤油味どすねんね。どっちにしよかしらん」

「たんとありまっさかい、どっちも愉しんどぅくれやす」

サヨが三和土に下りると、キミは杯を傾けてから、鱧鍋をつつきはじめた。

キミがどんな感想を口にするのか、愉しみなようで不安でもある。

環境が違いすぎるせいもあるのだろうが、キミがふと洩らした、刹那的な言葉を何度噛みしめても、サヨには理解できない。祖父母のことを思いだすにつけ、人の命に限りがあり、いつかは自分もあの世に旅立つのだとわかっているが、ふだんはまったく意識していない。

もしかするとキミは死と隣り合わせに生きているのかもしれないし、あるいは好き合っている男性がそういう立場にいるのだろう。そうでなければ、食事をしながら形見分けなどという言葉は出てこないはずだ。

いくら世情にうといサヨといえども、昨今の社会が大きく揺らいでいることは肌で感じている。

この国を開くべきか閉じるべきか、倒幕を良しとするか否か、など、おにぎりを買い求めようとする列のあいだから、そんな話が聞こえてくることも、日々増えてきている。ときには言い争いでおさまらず、ケンカ沙汰になることも少なくない。

そんななかで、呑気《のんき》に料理を作ることだけに時間を費やしていていいのだろうか。

キミの言葉が、サヨの両肩に重くのしかかっている。

「すんまへん」

キミの声に我を取り戻した。

「なんどした？」

〆のそうめんを手にしたまま、サヨが小上がりの前に立った。

「お酒のお代わりをお願いしてよろしいやろか」

「ほんまに気ぃの付かんことですんまへんなぁ。すぐにお持ちします。お鍋はお気に召しましたやろか」

「美味しいいただきましたえ。ひとりでこんなん食べたらバチが当たるんやないやろか。そない思います」

鱧が盛られた皿はほとんど空になっている。

「足りなんだんと違いますか？　お代わりをお持ちしまひょか」

「もう充分どす。〆におそうめんを入れてくれはりますんやろ？」

キミがサヨの手元に目を留めた。

「鱧のお出汁が染みたそうめんは美味しおすねん。どっちのお鍋に入れまひょ？」

サヨはそうめんの束を解いた。

「分け分けしとぅくれやすか。けど、おそうめんやのに、茹でんとそのままお鍋に入れるんどすね」

キミは不思議そうに、サヨの動きをじっと見ている。

「そのほうが美味しいように思いますねん」

さも当たり前のようにして、半束ほどのそうめんを、ふたつの鍋にそれぞれ分け入れる。

「サヨちゃんて直感で動かはるんやね。うちもそうどすねん。男はんらは頭で考えて、知識で動かはるさかい、諍《いさか》いになるんやないか思います。何がどうあっても、みかどさんをだいじにせんとあかんて思うてますけど、そのために殺し合いせんならんのは、ホンマに哀しいことどす」

鍋のなかを泳ぐそうめんを見ながら、キミは顔を曇らせた。

キミの言葉を頭のなかで繰り返しながら、サヨは菜箸を鍋に入れ、そうめんをほぐしている。

「なんとのうわかります。うちも争いごとは大きらいどす。せやさかい美味しいもんを作ってるんどす」

「せやさかい、てどういうことどす？」

「お昼におにぎり屋をやってますやろ？　ありがたいことにようけのお客はんが並んでくれはりますねんけど、しょっちゅうケンカしてはります。人間てお腹《なか》が空いてひもじゅうなってきたら、顔もきつうなって、すぐ言い争いになりますやん。けど、食べたあとにケンカする人て見たことおへん。うちはそれを見て思うたんです。空のお腹は立ってて、美味しいもんが入ったらお腹は横になる。ほしたら気持ちも横になって穏やかになる」

サヨが小鉢にそうめんを取って、キミに手渡した。

「お腹は空やと立って、美味しいもんが入ったら横になる。ええこと聞かしてもろたわ」

受けとって、キミがそうめんを箸で手繰る。

「なんにも勉強してこなんだざかい、うちには世のなかのことはさっぱりわかりまへん。さいぜんキミさんが言うてはったとおり、みかどさんは一番だいじや思いまっけど、そやさかい言うて、殺し合いしてもええとは思いまへん。うちにできること言うたら、こないして美味しいもんをこしらえて、みんなのお腹を横にすることだけどす」

サヨがきっぱりと言い切った。

「無理言うて今晩ここへ寄せてもろてよかった。心底そう思うてます。争うてどうするかやのうて、争わんようにするのが一番だいじなんや。たいせつな人にもそう言うときます」

キミは懐の小柄を手のひらでそっと押さえた。

「どっちがお好みどす？」

サヨがふたつの鍋を交互に指す。

「どっちも美味しおす。お鍋さんどうしがケンカしはったらあきませんしな」

キミが笑うと、つられてサヨも声を上げて笑った。

〈さげ〉


と、まぁ、こういうこってした。

今回はちょっと禅問答みたいなとこもありましたけど、なかなか含蓄のある会話でしたな。尊王攘夷、倒幕運動が京の都を騒がせとったんやなぁと実感します。芸妓はんまで巻き込まれてはったんやさかい。

そう思うて調べてみましたんやが、どうやらこのキミはんっちゅう芸妓は、勤皇の志士の手助けをしとったみたいで、かなり危ない橋を何度もわたっとったらしいです。

形見分けした相手の男性も、たぶんあの人やないかと思う人物に行き当たります。その男性はキミはんから鏡をもろとったんやそうで、なんでもその鏡が刀を防いで、死なんと済んだらしいでっせ。

それはさておき、鱧鍋も旨そうですな。

この大福帳を読んでて、いっつも思うんでっけど、サヨのレシピは今の時代でも充分通用する思います。鱧の二色鍋なんか、絶対人気になりまっせ。もし今でも『清壽庵』があって、そこにサヨがおったら、どない愉しいやろ。そう思いながら大福帳読んで、小説を書いとります。

第五話

豆腐鍋

〈まくら〉

京都っちゅうとこは旨いもんの宝庫やて言われてますな。テレビ見とっても、グルメ番組に出てくる店は京都ばっかりですがな。まぁ、わしが京都に住んどるさかいで、関西ローカルの番組しか観《み》てへんしやと思いまっけどね。東京のテレビ局やったら東京の店ばっかしですやろ。よう知りまへんけど。

本屋はん行っても、ようけ京都のグルメ本が出てまっせ。ミシュラン三ツ星の高級料亭やとか割烹の紹介記事見とっても、こんなとこ一生行けへんやろ思うて、指をくわえとるだけでっけど、B級グルメはよろしいな。うどん屋やとか食堂やったら、わしらみたいな貧乏人でも、すぐに行けますがな。

ありがたいガイド本やと思う反面、こんな店まで紹介したらアカンがなと思うことも、ようあります。

今の時代はネットやとかで、すぐに情報が回りますんで、一冊の本で紹介されただけで、あっという間に知れわたります。

ほんで今の時代、ヒマな人がようけおるんですな。ちょっと名が知れたら客が押し寄せます。小さい店やったら満席になりまっさかい、表に客待ちの行列ができますわな。この行列がクセモンですねん。

いつの間にかマスコミは、行列ができる店は旨いに決まってる、と決めつけとるんです。せやさかい、旨いもん好きは行列のできとる店に行きたがるんですわ。結果どうなるかて言うたら、ますます行列ができる、長ぅなる、またそれ見て並びよる、っちゅう連鎖反応が起こって、いつ行っても行列ができとる、ということになってしまいますねん。

観光客の人にとっては、行列もまぁ観光の一環やろさかい、たいして苦にならんのやろけど、わしら京都に住んどるもんは、そないヒマったらしいことしてられまへんがな。せやさかい、今の京都で行列ができるような人気の店へは、京都に住んでるもんはめったに行きまへん。

だいたいが京名物とか言うて、観光客に人気の料理やとかは、当たり前すぎて、京都の人はあんまり興味を示しはらへん。京野菜やとか京漬物なんかがその典型ですな。

野菜も漬けもんも、今さら京なんちゃらて言うてもらわいでも、旨いに決まっとるわい。豆腐もそうでっせ。京豆腐てまことしやかに言うとりまっけど、どれが京豆腐やて決まりがあるわけやなし、北海道の大豆を使おうが旨いもんは旨いし、京都で作っとっても、大きな工場で大量生産しとるもんは、それなりの味ですわ。

今回は、そんな豆腐の鍋を食いたい、っちゅう客の話です。ほんでね、これまでと違うのは、サヨがその客と偶然出会うたことからはじまったいうことですねん。その出会いの切っ掛けになったんは、やっぱり妙見はんです。妙見つながりの客と豆腐鍋の話、ハラハラドキドキの展開でっせ。

1　巳の妙見

　さすがに毎日というわけにはいかないが、二日も空けることなく、サヨは『日體寺』への妙見参りを続けている。

　比叡颪《ひえいおろし》が都大路に吹きわたり、鴨川に架かる松原橋をわたる誰もが顔をしかめ、寒さに震えあがっている、ある夜のこと。

　思いがけず夜の客が早く帰ったこともあり、サヨは片付けもそこそこにして、〈清水の妙見〉目指し松原通を東に向かっている。

　冬の夜道は暗く、人通りもほとんどない。サヨの下駄の音だけが通りにこだまする。

『清水寺』へと続く松原通は、東へ進むにつれて上り坂がきつくなる。やっとの思いで『日體寺』の小さな山門までたどり着いたサヨは、白い息を小刻みに吐きながら、呼吸を整えている。

「ようお参りやしとぅくれやした」

　山門のなかで住職が参拝客の男性に声を掛けた。

「こちらのほうこそです。妙見さまのご尊顔を拝することができ、これで心安らかに過ごせます。ありがとうございます」

　住職に向かって深く頭を下げる男性は、羽織袴《はかま》で威儀を正している。特別な参拝儀式でもあったのだろうか。サヨは山門の脇に控えている。

「ご安寧とご無事をお祈りしております」

扇を手にし、住職が手のひらを合わせた。

「おそれいりましてございます。ご住職こそ、どうぞお元気で」

そう言って男性が山門をくぐって外に出た。

振り返り、寺に向かって一礼した男性は、松原通を西に向かって歩きだそうとして、サヨに言葉を掛けた。

「お待たせして失礼。どうぞお参りなさってください」

男性はサヨに気付いていたのだ。

「ありがとうございます。どうぞお気をつけて」

サヨが言葉を返すと、男性はゆっくりと歩きだした。

いつもならすぐに妙見が出てくるはずなのだが、ほかのひと目を気にしているのか、いっこうにその気配がない。山門から寺のなかへ入ろうかどうしようかと迷ったサヨは、思いきって妙見を呼んでみることにした。

「妙見はん、おいやすか。遅ぅからすんまへん。サヨどす」

菩薩さまを呼び出すなど、なんとバチ当たりなことかと思わぬでもなかったが、それほどに親しみを感じているからこそだった。

「よう来たな。ちょっと取り込みがあったもんやさかい」

いつもどおりの姿で出てきた妙見だが、山門から外へ出ることなく、それに刀を持っていない。

「妙見はん、お刀は？」

「しもた。置いてきてしもた。ま、居るのはサヨだけやさかいに要らんわな」

「いつもおおきに。ありがとうございます。今日もようけのお客さんに来てもろて、お昼のおにぎりも晩ごはんも喜んでもらいました。これも妙見はんが見守ってくれてはるおかげです。どうぞ明日もよろしゅうお願いします」

姿勢をただし、目をかたく閉じたサヨは両手を合わせて一心に祈りを捧げる。

「そうか。うまいことといったか。それは何よりや。さぶぅなったさかいに身体に気ぃつけて、風邪ひかんようにせなあかんで。困りごとがあったらいつでもおいでや」

もはや身内同然に思っている妙見から、やさしい言葉を掛けられ、瞳を潤ませたサヨは深く首《こうべ》をたれた。

「また来ますさかい、妙見はんも元気でいてくださいね」

「そや。前から言わんならん思うてたんやが、巳は五行で言うたら火なんやが、サヨはいっつも火を身近に置いとるか？」

「へえ。火ぃがなかったら仕事できしまへんさかい、炭やとか油は切らさんようにしてます」

「その炭は何からできとる？　油はどうや？　知っとるか？」

妙見が矢継ぎ早に訊いた。

「炭は木ぃどっしゃろ。ほんで油は菜種からできてるんどすな。前は魚の脂を使うとったんですけど、あれは臭ぅてあきまへんわ。それがどないかしました？」

サヨが少しばかり鼻を高くして言葉を返す。

「どないもせん。木も草も按配よう使えよ、て言いたかっただけや。ほなまたな」

妙見の気配がなくなったのをたしかめて、サヨはきびすを返し、松原通を西へ向かって急ぐ。

「木ぃと草を按配よう使う。どういうこっちゃろ」

妙見の言葉を繰り返しながら、サヨが何度も首をかしげる。

「火ぃと木ぃと草。按配よう。やってるつもりやけどなぁ。店に戻ってたしかめてみんとあかんか」

ひとりごちながら小走りになったサヨが、地蔵尊の前を通り過ぎようとしたとき、物陰から現れた男が声を掛けてきた。

「お急ぎのところ申しわけありませんが、ちょっとよろしいですか?」

ひと目見るなり、ついさっき『日體寺』から出てきた男だとわかり、慌てて立ち止まる。

寺の和尚とも親しいようだし、身なりもきちんとしていて、言葉遣いもていねいだ。京都の人間ではなさそうだが、怪しい人物には見えない。

「さっきはどうも。なんぞご用どすやろか?」

男に笑顔を向けた。

「決して盗み見していたわけではないのですが、あなたは『日體寺』さんの前で、どなたかとお話をされていましたね。わたしにはお相手の姿は見えなかったし、声もよく聞こえなかったのですが、どなたとお話しなさっていたのですか?」

男がサヨに訊いた。

「聞いとぃやしたんですか。お恥ずかしいことで」

サヨがぽっと頰を紅く染めた。

「あなたの声ははっきりと聞き取れたのですが、お相手の声はくぐもっていて、よく聞こえない。近くに寄ろうかと思ったのですが、それも失礼だし。でも、どうしても気になって、お待ちしていたのですよ。怪しいものではありません。江戸から参りました麟太郎《りんたろう》と申すものです。わたしは妙見菩薩さまを深く信仰しており、そのご縁で『日體寺』さまにも何度もお参りしておりますが、お相手のかたにからきし覚えがないのです」

麟太郎と名乗った男が一気に言葉を連ねた。

「そうどしたんか。うちがさっきお話ししてたんは……」

言いかけて、あとの言葉を吞《の》み込《こ》んだのは、信じてもらえないだろうと思ったからだ。

「ご心配には及びません。わたしは口が堅い男ですから、寺方に告げ口するようなことはありませんので、ぜひお聞かせください」

麟太郎はどうしても相手の素性を知りたいようだ。

「うそついてると思わんといとぅくれやすか？」

「はい。あなたの目を見れば、うそをつくようなかたには思えません」

「ほしたら言いまっけど、さっきお話ししてたんは妙見さんですねん」

サヨは顔半分で笑いながら答えた。

「それはよくわかっております。あなたのお話しぶりからも、かすかに聞こえてくるお相手の口調からも、妙見菩薩を相手に話しておられるのはわかりました。わたしが知りたいのは、いったい誰が妙見さまに成りきって、あなたに菩薩を騙《かた》っていたかなのです。さきほども申しあげたように、わたしは妙見さまを深く信仰しております。それだけに、妙見さまを騙って、あなたのような若い女性をたぶらかすような輩《やから》は許せんのですよ」

鱗太郎は眉を吊《つ》り上《あ》げて息まいた。

「どない言うたらええんやろ。わかってもらえへんかなぁ」

言葉を探すものの、どうにも見つけられずにいるサヨは、顔を曇らせている。

「あなたが心優しいかたで、お相手をかばっておられるのはよくわかりますが、ここはひとつ妙見さまを汚すような輩をこらしめるためにも……」

言い終わらぬうちに鱗太郎は、何かに押し飛ばされるように宙を舞い、どすんと尻もちをついた。

「サヨはうそなんかついとらんし、誰もかぼうたりはしとらん」

鱗太郎は最初空耳かと思ったが、はっきりと聞こえた声の主を探し、大きく見開いた目で辺りをきょろきょろと見まわした。

「大丈夫どすか」

尻もちをついたままの鱗太郎に手を差し伸べる。

「誰だ。姿を隠すのはひきょうだぞ」

後ろ手を地べたにつき、座りこんだまま、麟太郎が叫んだ。

「妙見やて言うてるがな。麟太郎はんもさっき参ってくれはったやろ。この国の安寧をあんたはんから頼まれたことは、ちゃんと果たしまっさかい安心してなはれ」

空から降ってくる声に、ぽかんと口を開いたまま麟太郎は耳を澄ましている。

「なんべんも出てきてもろて、ほんまにすんまへん。どうぞお戻りやしとぅくれやす」

声のほうに向かってサヨが手を合わせると、慌てた様子で麟太郎が真似た。

ゆっくりと手を解いたサヨは、麟太郎の両腕を取って立ち上がらせる。

呆然とした顔付きで、されるがままに立ち上がった麟太郎は、袴を払いながらまじまじとサヨの顔を見つめた。

「夢じゃありませんよね」

「へえ。夢違いまっせ。あないして妙見はんが出てきてくれはるんどす。ありがたいことどすがな」

麟太郎の袴に着いた砂ぼこりをサヨが払う。

「信じられん。信じられんが、たしかに妙見さまの言葉に間違いない。つい先ほど国家安寧を祈願したのだから」

うつろな目をした麟太郎は、足元をふらつかせながらひとりごちた。

「うちがうそついてるんやないて、わかってもろてよかったですわ。ほな気ぃ付けて帰ってくださいや。お先に失礼します」

サヨは西に向かって歩きだした。

「ちょ、ちょっと待ってください。サヨさんとおっしゃいましたね。あなたはいったいぜんたい何ものなのですか」

「『清壽庵』ていうお寺の境内で、おにぎり屋をやってる月岡サヨて言います。お昼だけですけど、よかったら買いに来てください」

にっこり笑ってサヨは下駄の音を鳴らして、ゆるやかな坂道を下っていく。

腕組みをした麟太郎は、その背中を見送りながらぼそっとつぶやく。

「あの子は妙見さまのお使いのものかもしれんな。早速おにぎりを買いに行かねば」

つい今しがたのできごとが、まだ信じられないといったふうに、麟太郎は何度も首を左右にかしげ、平手で両頬を強く打った。


いよいよサヨの本領発揮、っちゅうとこですな。これまではサヨしか妙見はんに遭遇しとらんかったんですが、証言者が現れよりました。麟太郎はん。

江戸から来たて言うてはりましたけど、お侍やないみたいですな。『日體寺』に妙見はんがやはることを知って、羽織袴でお参りに来はったぐらいやさかい、熱心な妙見菩薩信者なんですやろ。そんだけ熱心な信者はんでも、姿を現さんのに、なんで妙見はんはサヨにだけ姿を見せはるんですやろ。わしがこの大福帳を読んどって、一番不思議なんはそこですねん。

近江の旅籠に生まれ育って、京の都に出てきて茶店で働く。言うたらこの時代ではメッチャありきたりですわなぁ。特別なことはなんにもおへん。選ばれたエリートでものうて、信心深いわけでもない。わかりまへんけど、たぶん、おそらく、きっと、目ぇむくほどの美人でもない思いますねん。

それやのにでっせ、ひょいひょい、っちゅうたら言葉は悪いかもしれまへんけど、いとも気安ぅにサヨの前に姿を現して、まるで近所のオッサンみたいに言葉を掛ける。なんでですにゃろ。最後まで読んだら答えが出てきますんやろか。

木と草を按配よう使え、てまた妙見はん得意の謎かけが出てきましたな。

たしかに炭は木からできてまっけど、ほかに使い道があるんやろか。木を使うた料理てにわかには思い付きまへんし、サヨにも心当たりはないようです。それに比べたら草はわかりますわ。

わしはあんまり好きやおへんけど、近ごろは野菜をやたらようけ料理に使いまっしゃろ。草を喰《く》う料理屋はんがえらい人気やそうで、先の先まで予約で埋まっとるらしいですがな。山で摘んできた草を料理するぐらいのことやったら、サヨは簡単にこなしますやろ。

ほんで、ちょこっと予告編を言うときますとね、この麟太郎はんが早速次の日におにぎりを買いに来はりますねん。それだけやおへん。なんと麟太郎はんは、あの……。やめときまひょ。愉しみはあとに取っといたほうがよろしいな。事実は小説より奇なり、てよう言いまっけど、続きを読んだら、ほんまにそうなんやなぁ、と思うてもらえますやろ。

2　おにぎり屋

『清壽庵』の境内にもびっしりと霜が降りている。吐く息を白く伸ばしたサヨは、空に向かって思いきり両手を伸ばす。

「お天道さん。今日もこないしておにぎり屋を開けます。ほんまにありがとうございます。どうぞ今日いちにち、よろしゅうお願いします」

「おはようさんです。今日は志摩のほうからええ牡蠣《かき》が入ったんで、持ってきましたんやけど、どないですやろ。お入りようやったら安ぅしときまっせ」

勢い込んで境内に駆け込んできたのは『六八』の六郎と八郎の兄弟だ。

「おはようさん。牡蠣どすか。うちは使うたことおへんのやけど、どないして食べますのん？」

八郎が石畳に降ろした木桶をサヨが覗きこんだ。

「このまんま生で食うのが一番旨いんやけど、病人やとか身体が弱っとる人は腹壊しよる。殻のまま焼くのが楽やし旨い。それか味噌で煮てもええ」

「へえ。生でも食べられるんか。ひとつもろてもええやろか」

サヨが手を出すと、六郎が小刀で素早く殻をむいて手のひらに載せた。

「海の塩気だけでも充分やけど、ちょこっと醤油を落として食うてみて」

籠から小瓶を取りだして、六郎が牡蠣の身に醬油をぽとりと落とした。

匂いを嗅いで、すぐにサヨは口に牡蠣を放り込んだ。

「牡蠣てこない美味しいもんどしたんか。ハマグリやとかアサリとかと、ぜんぜん違うんどすな」

「せやろ。西洋でも牡蠣は一番のご馳走らしいでっせ。こない立派な牡蠣は志摩でしか獲れんやろけど」

八郎が自慢げに胸を張った。

「なんでもものは試しやな。二十個ほどもろときます」

「おおきに。味は保証付きやさかい。うまいこと料理したってな」

六郎は数えながら牡蠣を布袋に入れ、サヨに手渡した。

「おいくらどす？」

サヨが胸元からがま口を取りだした。

「一個が二文で四十文にしとくわ」

「そんな安ぅしてもろてええの？」

サヨは飛びあがらんばかりに高い声を出した。

「兄貴はべっぴんさんに弱いからなぁ」

八郎が横目で見ると、六郎は見る見る顔を赤らめた。

「そんなこと関係あるかい。わしはサヨちゃんやったら、じょうずに料理してくれるやろ思うて安ぅしただけや」

「ほな『大村屋』の親方は料理がへたやて言うことかいな。今度行ったときにそない親方に言うたろ」

「そんなこと誰も言うてへん。言葉のあやっちゅうやつやがな」

ふたりのやり取りを聞いて、サヨがくすりと笑った。

「兄貴はな、さいぜん『大村屋』はんで一個五文で売り付けよったんやで」

八郎がサヨの耳元でささやいた。

「余計なこと言わんでええ」

六郎がにらみつけると、八郎は口をへの字に曲げて首をすくめた。

「おおきに、六郎はん。ほんまにありがたい思うてますえ」

サヨが礼を述べると、六郎の頬はリンゴのように赤くなった。

ふたりを見送ったサヨは、牡蠣を入れた布袋を軒下の日陰に吊《つ》るし、おにぎりの仕込みをはじめる。

今日のおにぎりは、塩おにぎりのほうがスグキ菜の醤油漬け、海苔巻きは鯖そぼろだ。どちらも下ごしらえはできているので、あとはにぎるだけだ。

自然と鼻歌がでるのは、八郎の言葉のせいかもしれない。男のひとにべっぴんさん、と言われたのは初めてのような気がする。顔を赤らめた六郎を思いだすと、胸の鼓動が早くなるような気がした。

年頃の女の子がひとりで暮らしとって、恋心が芽生えんはずがない、と思うとったんですが、やっと出てきたみたいですな。

魚の行商をしとる兄弟の兄貴分。どんな風采ですやろなぁ。ちょっとやさぐれた感じがするんと違うやろか、て勝手な想像しとりまっけど、弟に冷やかされてすぐに顔を赤ぅするとこ見たら、けっこう純真なんかもしれまへん。店の料理だけやのうて、この恋バナの行方も気になりまんがな。

そうそう。宗海はんはどないですんやろ。魚屋の源治は宗海を奨めとったみたいでっけど、サヨにその気はないみたいですな。

わしの予想では、六郎と宗海はんが恋のさや当てをするんやないやろか思うてます。どっちが勝つか、見ものですな。

もうひとつびっくりしたんは、このころから牡蠣を生で食うとった、いうことです。それもあんた、今みたいに流通が発達しとらんときでっせ。志摩から担いできて、それを生で食いよる。読んでて思わず引きとめそうになりましたで。そんなん生で食うたらあかん！　当たったらどないするんや、て。

牡蠣に当たって苦しんだて大福帳には書いておへんさかい、無事やったんやろ思いまっけど、当時はそんなぐらいの食中毒はふつうやったんですやろな。っちゅうか、今みたいに抗菌剤なんかなかったやろさかい、逆に抵抗力が身に付いてたかもしれまへん。

この日のおにぎりも旨そうでんな。スグキ菜の醬油漬けと鯖のそぼろ。それだけで一杯飲めそうですがな。

寒いなかを、今日もようけのお客さんが『清壽庵』の境内で、列を作りはじめました。


身を切るような寒さに震えあがりながらも、誰ひとり列を離れようとしない。店のなかからその様子を見て、サヨは胸を熱くした。

「ほんまにありがたいこっちゃ。早ぅ開けんと」

ひとりごちてかんぬきを外し、引き戸を開けた。

「待ってました」

舞台の幕開きのような声を掛けたのは、大工の留蔵だ。

「今日も一番乗りしてくれはって、ほんまにおおきに」

「わしが二番やで」

留蔵の背中越しに顔をのぞかせたのは、左官の勘太である。

「おおきに、勘太はんと留蔵はんにはお願いしたいことがありますねん。お仕事の帰りにでも寄っとぉくれやすか」

留蔵におにぎりの包みを渡しながら、サヨはふたりの顔を見た。

「他ならんサヨちゃんの頼みや。雨が降ろうが、雪が降ろうが、槍《やり》が降っても絶対来るさかい待っててや」

受けとって留蔵がそう言うと、勘太も胸をこぶしで叩いた。

「おおきに。日の暮れまでやったら、いつでもええさかい、よろしゅう頼みます」

勘太から代金を受けとって、サヨはふたりに頭を下げた。

「今日はなんのおにぎりどす？」

常連の老婆が訊いた。

「今日はスグキ菜のお醤油漬けと、鯖のそぼろどす。おいくつしましょ？」

「うちのじいさんは鯖が大好物やさかい、ふたつぐらい食べはるやろ。三組もらえるか」

「はい。今日は多めに仕込んでますんで大丈夫ですよ」

包みを渡して代金を受けとる。

おにぎりを渡す。代金を受けとる。それを繰り返すうち、長かった列が少しずつ短くなり、それにつれておにぎりも減っていく。

残り少なくなってきたおにぎりの数を、サヨが横目で数えると、縞の着物を着た男性が咳払いした。

「昨日の……」

はっきりと見覚えはあるのだが、名前を失念してしまっている。

「麟太郎です」

麟太郎がニヤリと笑う。

「そやそや、麟太郎はんや。昨日はどうも」

手を止めて、サヨが頭を下げた。

「早速おにぎりをいただきに来たのですが、すごい人気なんですね。あやうく買いそびれるところでした。ひとついただけますか」

麟太郎が懐から財布を取りだした。

「うちはふたつひと組になってますねんけど、それでよろしいか」

「もちろんです。ひと組お願いします」

「今日は塩のほうがスグキ漬けで、海苔のほうの具が鯖そぼろになってます」

手際よく包みを手渡すと、麟太郎は財布の紐《ひも》を解いて訊ねる。

「おいくらになりますか？」

「ひと組十文いただいてますけど」

遠慮がちに答えた。

「客はありがたいが、それじゃあ儲けは少ないでしょう」

麟太郎が十文数えてサヨに手渡す。

「おおきにぃ。うちは料理をするのが好きやさかい、こないしてようけのお客さんに食べてもろて、喜んでもろたらそれで充分嬉しいんどす」

受けとってサヨが頭を下げる。

「見たところ昼間しか営業されてないようだが、夜はやらないのですか？」

「狭い店どすさかい、夜はおひと組さんだけで、細々とやらせてもろてます。それもおなじみさんで予約してくれはったかただけにさせてもろてますんで、夜はのんびりどすわ」

「ほう。ひと晩にひと組だけとは狭き門ですね。お願いしたいところだが、東えびすのわたしなどはダメでしょうね」

「『日體寺』のお住っさんとお知り合いやったら、おなじみさんですやん。ご希望どしたらいつでも言うとぉくれやす」

「本当ですか。それはありがたい。無粋なことを訊ねますが、人数の制限などはありますか？」

「ほんまに狭い店どっさかい、三人さんも入ってもろたらいっぱいになりますねん」

「いや、大勢ではなく、ひとりでもいいだろうかと訊ねているのです」

「それやったら大丈夫どす。おひとりさん大歓迎どっせ」

「少し先なのですが、今からお願いしておいてもよろしいでしょうか」

「すんまへん、うしろのおかたに待ってもろてますので、ちょっとだけそこに居てもらえますか。あと三人さんにお渡しししたら、すぐにお伺いしますんで」

「失礼しました。少しも急ぎませんので、ここで待たせていただきます」

「えらいすんまへんなぁ」

鱗太郎のうしろに並んでいた客が、ホッとしたような顔をして、サヨからおにぎりを受けとっている。

「わしでも予約したら晩飯を食わしてもらえるんか？」

月に一、二度買いに来る男性客が訊いた。

「もちろんですがな。料亭みたいなたいした料理は作れしまへん。お酒の肴と小さいお鍋でよかったら、いつでも言うとぅくれやす」

笑顔で答えたサヨは、残ったふたりの客におにぎりを渡し、木陰で佇《たたず》む鱗太郎の元へ駆け寄った。

「えらいお待たせしてすんまへんどした。いつがよろしおすやろ」

「いったん江戸に戻って、来月か再来月に京へ来る予定なんです。数日前にはご連絡させていただくということで如何《いかが》でしょう」

「大丈夫どす。夜はおひとり五百文ちょうだいしてますけどよろしおすか？」

「承知しました。なんだか申しわけないですね。さっきからいい匂いがしてきて、お腹が空いて仕方がないのですが」

鱗太郎が腹を押さえた。

「ほんまに気が付かんことで申しわけありまへん。どうぞお入りください。お茶なと淹れますよって」

店の引き戸を開けて、麟太郎を招き入れた。

「おそれいります。すぐに退散しますので」

店に入り、麟太郎が店のなかを見まわしている。

「ほんまに狭おっしゃろ。出がらしどすけど」

サヨが番茶の入った湯呑を小上がりに置いた。

「夜はどんな料理をお出しになっているんですか？」

小上がりに腰かけ、おにぎりを食べながら麟太郎が訊いた。

「お料理の内容はおまかせいただいてますねんけど、苦手なもんやとかお好みはありますやろか」

「苦手な食べものはありません。好物はたくさんあります。鰻や寿司《すし》、メザシも好きだなぁ。あまり大きな声では言えないのですが、甘い菓子も好物なんです。そうそう、京に来ると必ず食べるのは豆腐です。京の豆腐は本当に旨い。江戸だともっぱらガンモドキ、京ではヒリョウズというやつですがね」

「わかりました。お寿司は江戸には敵《かな》いまへんし、鰻もお江戸でせんど食べてはるやろさかい、お豆腐の料理を作らしてもらいますわ。ほんで、もうひとつお訊きしたいことがあるんでっけど」

「なんでしょう」

「麟太郎はんはなんの干支のお生まれどす？」

「干支？　わたしの？　未年の生まれですが、それが何か？」

怪訝そうな顔付きをして、麟太郎がサヨに訊いた。

「誰も信じてくれはらへんさかい、ほんまは内緒にしてるんですけど、妙見はんを信心してはる麟太郎さんやさかい、お話ししますけど」

サヨが麟太郎の耳に顔を近づける。

「妙見さまと干支。ひょっとすると洛陽十二支妙見参りとつながりが？」

「詳しいことは存じまへんのやけど、『日體寺』はんの妙見はんが言うてくれはったんどす。お客さんの干支を訊いて、その干支の妙見さんにお参りしたら、ええ知恵を授けてくれはるて」

「なるほど、そういうことでしたか。『法華寺』さまへはわたしも何度かお参りさせていただいております」

「やっぱり、ちゃんとお参りしてはるんや。それやったら話が早い。麟太郎さんのお名前も言うときますわ」

サヨが満面に笑みを浮かべた。

「昨日のことがなければ、冗談だろうと思ったでしょうが、どうやら未の妙見さまともお知り合いのようですね」

麟太郎の口元は笑っているが、目は笑ってない。

「へえ。『東寺』さんのご近所まで、ちょいちょいお参りに行ってます。なんや知らんけど、うちに晩ごはん食べに来はるお客さんに、未年のかたがようけ居てはりますねん」

　サヨは楳太郎とトシの顔を思い浮かべている。

「狭い狭いというから、どれほどかと思えば充分広いじゃないですか。客席はあの小上がりなんでしょ。五人くらいは座れそうだ。なんだかわたしひとりで来るのは、申しわけないような」

　おにぎりを食べ終えて、麟太郎が茶をすする。

「とんでもおへん。おひとりやと、ゆっくり料理を味おうてもらえるさかい、ありがたい思うてます。遠慮のう来とぉくれやすな」

「美味しいおにぎりでした。スグキ漬けというのは初めていただきましたが、酸味があっていいですね。鯖のそぼろは甘く味付けしてあるので、両方食べるとちょうどいい塩梅になる。なんでも一緒だ。どっちかに偏ってしまうと、必ず反動が起こる」

　麟太郎が口をへの字に曲げて考えこんでいる。

「むずかしいことはわかりまへんけど、うちもそう思うてます。うっとこへ晩ごはん食べに来はるお客さんのなかにも、攘夷やとかいろいろお言いやすけど、あんじょう仲ようしはったらええのに思います」

「そのとおり。尊王攘夷も公武合体も均衡を欠いている。今はこだわっているときではない。広い世界に目を向けねば」

「うちにはさっぱり」

「失礼しました。つい夢中になってしまって」

麟太郎は頭を掻いている。

「うちのおにぎりどすけどね、はじめたころは、海苔を巻いたもんだけやったんどす。けど、海苔は要らん、塩だけのおにぎりにしてくれ言うお客さんがようけ出てきはった。それで塩だけにして、海苔は欲しい人にだけ付けるようにしたら、今度は海苔を巻いてないとあかんて言う人に怒られてしもて。それで両方をひとつずつ組にするようにしたんどす。それからですわ、ようけお客さんが来てくれはるようになったんは」

「なるほど。そういうことでしたか。いいお話を聞かせていただきました。今のお話を聞かせてやりたい輩がたくさんおります。塩おにぎりと海苔巻きおにぎりを、ふたつひと組にされているること。これからの我が国にとって、大きな手掛かりになると思います」

麟太郎が何度もうなずいた。

「我が国のためやなんて、そないたいそうな」

サヨは苦笑いしている。

「ごちそうさまでした」

麟太郎が立ち上がった。

「おそまつさんどした。男はんには足らなんだんと違いますやろか」

サヨが帯の上から腹を叩いた。

「これくらいがちょうどいい。腹八分めにしないと眠くなりますからね。これからだいじな人と会わなければいけないので」

目を輝かせて麟太郎はおにぎり屋をあとにした。

麟太郎が帰ったあとの店で、サヨは小上がりに座りこみ、じっと考えこんでいる。

時折り炊事場に降りては、また小上がりに戻る。何度もそれを繰り返しながら、頭をひねり、ぶつぶつとひとりごちている。

「木ぃと草やもんな。けど、木ぃが火ぃになるんや。金はええとして、土と水はどないなんやろ」

竈の前に立ち、腕組みをして天井を見上げる。と、突然思い付いたサヨは小上がりの前で歩測をはじめた。

「一、二ぃ、三、四、五、かぁ。けっこう長いなぁ。なんぼぐらい掛かるんやろ。もうちょっとたくわえといたらよかった。て、今ごろ言うても遅いんやけどな」

肩をすくめて通い徳利に手を伸ばしたときに、木戸の外から声が掛かった。

「サヨちゃん、居てるか。留蔵や。遅ぅなってすまなんだな」

慌ててかんぬきを外し、カタカタと音を立てて木戸を開けた。

「おおきに。ちっとも遅いことあらへん。わざわざ来てもろてすんまへんなぁ」

「お、一杯やるとこやったんか」

留蔵のあとに続いた勘太が目ざとく通い徳利に目を留めた。

「よかったら一杯どうどす?」

返事を聞く前にふたりに杯を手渡す。

「ありがたい。これから飲みに行こうと思うてたとこやったんや」

杯に酒を受けて、留蔵と顔を見合わすと勘太が笑顔でうなずいた。

「ここで晩飯を出してるんやな。思うてたより狭いんやな。席はあの小上がりだけか？」

「そうどす。ひと晩にひと組だけでっさかい、小上がりだけで充分どす」

「えらい贅沢な晩飯屋やな。五人も上がったら満席になる。ひとりナンボくらいか知らんけど、あんまり儲からんのと違うか」

留蔵が小上がりの畳を目で数えた。

「うちも一杯いただきますわ」

サヨは大ぶりの猪口《ちょこ》になみなみと酒を注ぎ、口を付ける。

「イケるくちやろうと思うとったけど、うわばみか？」

留蔵が杯をゆっくりと傾け、ニヤリと笑った。

「ひとりやと、どうしても飲んでしまいますねん」

ほんのり頬をさくら色に染めて苦笑いする。

「酒飲みに来たんやないわな。わしらにどんな用向きなんや。たいしたことはできんけど、サヨちゃんの頼みやったらなんでもするで」

留蔵が杯を竈の横に置くと、勘太もそれに続いた。

「おおきに。頼みていうかお訊ねですねん。うちは素人やさかい、普請のことはようわからへんのどすけど、炊事場とお客さんの席を、もっと近ぅにできひんやろかて思うてますねん」

「炊事場と客席を？　ちょっと言うとる意味がわからんのやが」

店のなかを見まわして留蔵が首をかしげる。

「料亭だけやのうて、どこの店でもお客さんから見えへんとこで調理しとるで。江戸で流行っとる屋台は別やけどな」

勘太が顔半分で笑った。

「そう、その屋台みたいにしたいんどすね」

サヨが手を打った。

「サヨちゃん、大丈夫か。風邪ひいて熱でもあるんと違うか？」

留蔵がサヨの額に手のひらを当てた。

「こういう店を持てへんさかい、しょうことなしにあんな屋台で商いをしとるんやないか。これだけの店があって小上がりの間まであるのに、なんで屋台の真似せんとあかんのやな」

勘太は不機嫌そうに小鼻を曲げた。

「あきまへんやろか」

気落ちしたサヨは三和土に目を落とした。

「ふつうやない店を作りたいて言うサヨちゃんの気持ちはようわかるけど、魚をおろしたりするとこは客に見せへんほうがええのと違うか。蕎麦やとか寿司やとかやったら、客も見てておもしろがるやろけど」

留蔵が諭すように言った。

「そこですねん。うちがやりたいことは。自分でやってて料理作るとこて、見てて愉しいんどす。最初はただの魚やったんが、切り身になって、お刺身になる。その様子を見てたら、よけいに美味しいて感じるのん違うやろか。そう思うたんです」

「ものによっては、そうかもしれんな。目の前で料理ができる。案外おもろいんやないか」

留蔵が同意を求めたが、勘太は相変わらず首をひねっている。

「ただ見てておもしろいだけやないんです。焼き立て、炊き立ての熱々が食べられるし、どんな料理でもでき立てが一番美味しいんどす。たとえわずかなあいだや言うても、ここで作って、上まで持って行くあいだに香りも抜けるし、冷めたりもしますやろ」

ふたりを説き伏せようと、サヨは言葉に熱をこめる。

「そうは言うても、小上がりに炊事場を作るわけにはいかんで」

留蔵が小上がりに目を遣った。

「ほな、逆にしたらよろしいがな」

勘太が思わぬ言葉を投げた。

「逆て？」

留蔵が眉を寄せる。

「炊事場のなかに客席を作ったらええんと違いますか」

「そない荒けないことできるかい。端近《はしぢか》っちゅう言葉もあるくらいや。なんぼ上等の席を作っても、わしはそんなとこで飯を食うたり、酒飲んだりはしとうない」

「それもそうでんな」

勘太はあっさり引き下がった。

大工の留蔵も左官の勘太も、これまでに携わった現場を頭に浮かべ、考えを巡らせているのだろうが、これまでにない形を作ろうとしているサヨは、もどかしさに歯がみし続けている。

「どない言うたらええんやろなぁ。要は料理を作るとことお客さんが近かったら、それでええんやけど」

「せっかく小上がり席があるんやから、これは生かさんともったいないわなぁ。となると、やっぱり炊事場を動かすしかないか」

留蔵は小上がりに腰かけ、壁際の炊事場を覗きこんでいる。

「このすぐ前に炊事場を持ってくる。そや、仕切りがあったらええんや」

勘太が手を打った。

「仕切ってしもたら、なんにもならん。仕切りを作りとない、てサヨちゃんは思うてるんやわな?」

留蔵が向き直って、サヨの顔色をうかがう。

「こっから下は仕切ってもええんです。こっから上は仕切らんと、お客さんの顔が見えるようにしたいんです」

三和土に立つサヨが帯締めを指さした。

「っちゅうことはやな、ここらへんに机があったらええんと違うやろか」

勘太は立ち上がって両手を広げた。

「それや。うちがやりたかったんは、それやねん。ちょっとふたりで腰かけててくれはる？　そう、もうちょっと離れて。それぐらいそれぐらい。地下足袋が三和土に着きますやろ。ちょうどええわ。ほんでそこに細長い机があると思うてください。燗徳利と杯やら、お料理の載ったお皿やら鉢が並んでるとこ想像してくれはりますか。ほんでうちはその机のこっち側に居て、料理を作ってますねん。ここにお竈はんの小さいのがあって、鍋が載ってます。そやなぁ、お大根《だいこ》でも炊きまひょか。お醬油味か味噌味かどっちがよろしい？　どっちでもええか。ほんでここに流しを作ってもろて、その上にまな板置きますねん。〆鯖をちょっと切りまひょ。分厚ぅか、薄ぅかどっちしまひょ。どっちでもええか。染付のお皿に載せてショウガをおろして手前に添えて、はいどうぞ。ということは、すぐ横に水屋を持ってこんとあかんな。ここに水屋が来まっしゃろ。ほんでここが流し、その横に小さいお竈はんがふたつか三つ。ご飯炊く大きいお竈はんはあっちでええな。そや、炭火で焼く竈も欲しいなぁ。鮎《あゆ》みたいな小さい魚は網に載せて、鰻やとか鯛やら大きい魚は金串打って焼くんどっせ。どないです？　見てるだけでよだれが出てきますやろ？」

サヨは一気に夢を語る。

「なんや鰻のええ匂いがしてきたわ。サヨちゃん、それいけるかもしれんな。大まかやけど、サヨちゃんのやりたいことがわかってきた」

留蔵は大きくうなずいた。

「わしもなんとのうわかってきた。けど……」

勘太は両腕を組んで顔を曇らせる。

「ただ？　なんどす？　やっぱりむずかしおすか」

「いや、むずかしいことはない。だいたいのことは留さんとわしでできる。問題はこれや」

勘太は親指と人差し指で丸印を作った。

「わしもそれを考えとった。長机を作っておくだけなら、たいしたことやないが、竈を作ったり、流しを作ったりするとなると、けっこう大仕事になる。それに長机かて、お客さんの膳代わりにするとなると、そこらの木を持ってくるわけにはいかんやろ。よほどええ木なら磨くだけでそのまま使えるやろけど、そやなかったら漆を塗らんと格好が付かんわな」

留蔵も勘太とおなじように腕を組んで渋面を作る。

「ちょっと待っとぉくれやすか」

サヨは急いで文箱《ふばこ》を開けて、墨を磨《す》りはじめた。

「なんや。誰ぞに手紙でも書くんか？」

勘太が覗きこむ。

「口で言うてもわかりにくいやろさかい、こんなふうに普請して欲しいて絵を描きます」

店のなかを見まわしながら、サヨはさらさらと筆を走らせ、あっという間に見取り図を描き終えた。

「こんな感じにしたいんですわ」

「なるほど。小上がりに腰かけた客が、この長板を膳代わりにするんやな。ということは客どうしは向かい合うんやのうて、横並びになるということか」

手に取って留蔵は店のなかと見比べている。

「ほんでサヨちゃんがこっち側に立って、料理を作る、と。客はここでその様子を見ながら酒を飲む、と。ええかもしれんな」

勘太は顎の下に手を当て、横から覗きこんでいる。

「こんなふうに普請したらいくらぐらい掛かりますやろ。大まかでええんどすけど」

上目遣いにふたりの顔をのぞきこむ。

「いっつも旨いおにぎりを食わしてもろてるんやから、決してサヨちゃんから儲けようとは思わんけど、ざっと見積もっても、そこそこの金子が要る」

留蔵の言葉に勘太は何度も首を縦に振った。

「失礼なことを訊くようやが、どれくらいたくわえとるんや？　っちゅうか、なんぼぐらい使える？」

「たくわえて言えるようなもんはおへん。三年先くらいには普請して、小ぎれいな店にしよ思うて、ちょっとずつためてはいますけど。そやなぁ、使えるのは三十貫ほどですやろか」

サヨの言葉を聞くなり、留蔵と勘太は顔を見合わせ、揃ってため息をついた。

「とても足りまへんやろなぁ」

サヨはがっくりと肩を落とす。

「なんべんも言うようやけど、わしらの日当はなしにしても、材料代だけでその二倍は下らん。三十貫ではサヨちゃんの思うてるような店にはならんやろ。キツイこと言うようやけど、もうちょっとたくわえてから普請したほうがええ」

留蔵がきっぱりそう言い切ると、少し間をおいてから勘太がうなずいた。

「ほんまですな。ちょっと甘ぅ見すぎてました。明日からしっかりためることにします」

酒を飲みほしてサヨが杯を流しに置いた。

「このご時世や。ひと組十二文に値上げしたらどうや。それぐらいの値打ちはある思うで」

「それはできまへん。子どもさんからお年寄りまで、どなたでも気安ぅ買うてもらえんと。十文でも高いんと違うやろかて、いっつも思うてるぐらいでっさかい」

勘太の提案をあっさりと否定した。

「それでこそサヨちゃんや。ずっと応援してるで」

留蔵が立ち上がり、懐から取りだした百文を小上がりの上にそっと置いた。

「なにしてはりますの。わざわざ来てもろて酒代なんかもろたらバチが当たります」

サヨは百文を手にして留蔵の前に突きだす。

「今言うてたとこやがな。ちょっとでもためて一日も早ぅ普請せなあかんのと違うか」

留蔵が険しい顔をして拒んだ。

「留さんの言うとおりや。たくわえができるまで、この見取り図はわしがあずかっとくわ」

折りたたんだ見取り図を懐に仕舞い、勘太も百文を置いて立ち上がった。

「おおきに。おおきに。お言葉に甘えさせてもらいます。しっかりためておふたりに日当をしっかり払えるように気張ります」

目に涙をためて、サヨが深々と頭を下げた。


なんや、こっちまで泣けてきますな。今もむかしも職人はんの心意気は変わりまへん。ほんまにええもんですな。

酒一杯だけ飲んで百文でっせ。今の時代に置き換えたら千二百円ほどになるんと違いますか。その当時の大工さんや職人さんの日当がいくらぐらいかはわかりまへんけど、そない荒稼ぎはしてなんだ思います。サヨの夢をちょっとでも早いこと叶えたろと思うて、早速実行する。なかなかできるこっちゃおへん。今どきの政治家に爪の垢《あか》でも煎じて飲ましてやりたいですな。

それはさておき、サヨにはまた驚かされました。お目に掛けられへんのがほんまに残念でっけど、サヨが描いとる挿絵を見たら、これがあんた、今の時代の板前割烹そっくりですんや。斬新もええとこですがな。

留蔵や勘太の言うとおり、そのころは料理をするとこを、できるだけ見せんようにしとったみたいです。あくまでお客さんにはでき上がったきれいな料理だけを見せて、料理をする荒けないとこは見せへん。それが料理屋の美学やったんですやろな。今も老舗の料亭はそれを守っとります。

庭の見える座敷に、床の間が付いとって、由緒正しい掛け軸が掛けてあって、花瓶には季節の花が上品に生けたぁる。テレビでしか観たことおへんけど、まぁ、そんな感じなんや思います。

冠婚葬祭やとか、ちょっと改まった席はええとして、ふだんはかた苦しいですわな。そこで人気が出てきたんが板前割烹っちゅうやつですわ。

昭和のはじめごろに大阪で始まったんやそうです。客の目の前で一匹の鯛をさばいて、三枚におろして刺身にする。へたくそやったらあきまへんけど、手慣れた板前やったら、見てて惚《ほ》れ惚《ぼ》れしますわな。ほんで、すぐそれを食えるんやさかい、美味しい感じて当たり前ですわ。あっという間に板前割烹ブームが起こったんやそうです。

大阪にしても、京都にしても、それまで料亭一辺倒やったんが、割烹屋が急に増えたらしいんですが、それよりはるかむかしに、サヨがそのやり方を思い付いてたっちゅうのに、感心しまへんか。

けど、まぁ世の常と言うんか、なんぼええこと思い付いても、それを実現するには資金が要ります。残念ながらサヨはそこでつまずいてしまいよった。悔しおしたやろな。わしもこういうこと、しょっちゅうあります。金さえあったらなぁ、てなことばっかり言うてます。

こんなときに物言うのが、日ごろの行い、っちゅうやつですわ。

留蔵と勘太に相談を持ちかけたけど、資金不足でそれが叶わんとなった。成らんことは成らん。そのことを忘れようとして忘れられれん。けど、十日ほど経って、もうここらであきらめんといかん。そう思うておにぎりの仕込みをはじめようとした、ある朝のことです。


今日のおにぎりの具は、塩おにぎりのほうがシジミのしぐれ煮、海苔巻きのほうはジャコの味噌和《みそあ》えだ。

シジミのしぐれ煮には、きざみショウガを混ぜ込み、ジャコの味噌和えには葉山椒の塩漬けを添える。それぞれを鉢に入れておき、米が炊き上がるのを待っている。

木枯らしが入口の引き戸をカタカタと揺らし、すき間風がヒューッと音を立てる。思わず首をすくめ、引き戸のすき間に木片を挿《さ》しこんだ。

「戸のすき間風はふさげても、心のすき間風はふさげんもんやな」

音を立てなくなった戸を叩き、ひとりごちたサヨは、自分をあざけるように苦笑いした。

炊事場に戻ったサヨの耳に、カタカタとまたおなじ音が届くものの、風は入ってこない。

「戸がいがんでしもうたんかな。留蔵さんに見てもらわんとあかんなぁ」

サヨが戸口に立つとまたおなじ音がした。

「すんまへん。サヨさんはおられますやろか」

来訪者だったのだ。

「どちらさんですやろ」

サヨは戸に耳をあてた。

「塚本八兵衛と申します。お借りしてたもんをお返しに上がりました」

「塚本さん？　うちはお貸ししてるもんてないんどすけど」

不審な人物ではないかといぶかったサヨは、かんぬきをたしかめて身がまえた。

「サヨさんはお忘れかもしれまへんけど、わしら親子は一日たりともサヨさんのことは忘れたことはありません。息子の定一も一緒に参っております。お顔を拝見してお礼も申しあげたい思いますので、お忙しいようやったら日をあらためさせていただきます」

「塚本さん親子……。ああ思いだした。あの押し込みに来はった」

言いかけてサヨは慌てて口を押さえ、かんぬきを外し、重い戸を横に引いた。

「その節は大変ご迷惑をお掛けしたうえに、ひとかたならんお世話になりました」

戸が開くなり八兵衛が深く頭を下げ、うしろに控える定一もそれに続いた。

「思いだした言うたけど、ほんまに塚本はんですか？　どっから見ても別人にしか見えへんのどすけど」

サヨの視線は、ふたりの頭から足先までを何度も行き来している。この前はいかにも押し込みらしい、荒々しくも汚れた風貌だったふたりが、今日は大店の主人と若旦那といったいで立ちなのだ。

着物には詳しくないサヨにでもわかるほど、着物やきんちゃく袋、草履に至るまで上等のものを身に着けている。いったい何があったのだろう。

「サヨさんのご尽力でご住職からお借りした二十貫を元手にして、小さな商いをはじめまして」

八兵衛にうながされ、定一はきんちゃく袋から小さな紙包みを取りだしてサヨに差しだした。

「なんですやろ」

もどかしげに紙を開くと、なかから色とりどりの小さな菓子が現れた。

「こんふぇいとと申します、南蛮菓子です」

八兵衛がやわらかい笑顔を浮かべる。

「お星さんみたいどすな。こんなかわいいお菓子見たことおへん。食べてもよろしいんやろか」

「どうぞどうぞ。嚙むと少しかたいので、しばらく口のなかでなめていてください」

定一の口調もこの前とはまるで違う。

「いただきます」

桃色のこんふぇいとをひと粒取って口に入れる。

「これを作って売り歩いておりましたら、たまたま井伊《いい》のお方さまの目に留まりまして、お買い求めいただいたんです。そうしたらお殿さまのお気に召したそうで、たくさん買っていただけるようになりました。お江戸のほうにも献上いただいたとのことで、大変名誉なことやと思うとります」

「それもこれも、あのときサヨさんにお助けいただいたからやと、毎日感謝しております」
定一が言葉を足した。

「甘ぅてええ匂いがして、ほんまに美味しおす。お住すさんにも食べてもらいたいし、ちょっとでもええし分けてもらえますやろか」

「なにをおっしゃいます。ご恩あるサヨさんに気に入ってもろたら、それだけで嬉しいです。今日は井伊さまが献上なさった木箱入りをお持ちしましたんで、どうぞお納めください」
八兵衛がそう言うと、定一は肩の荷をおろし、風呂敷を解いた。

「えらい立派なもんどすなぁ。こんなんもろてもええんどすか」
桐箱を受けとって、サヨは目を丸くする。

「お要り用がありましたら、いつでも言うてください。すぐにお持ちします。これがうちの店の札です。そうそう、定一、あれを」
桐箱の上に紙札を置き、八兵衛が目くばせすると、定一はきんちゃく袋から紫色の袱紗包みを取りだした。

「あのときお借りした二十貫、遅ぅなりましたがお返しさせていただきます」

「うちやおへん。お住すさんに返したげてください」

サヨが何度も手を横に振った。

「わしらは気が弱いもんですさかい、ご住職によう顔を合わせまへんのや。それにあのときの二十貫はわしらやのうて、サヨさんにお貸しくださったようなもんやと思うとります。ご面倒をお掛けしますけど、なにとぞよろしゅうに」

八兵衛と定一が頭を下げた。

「わかりました。たしかにうちのほうからお返ししておきます。わざわざお越しいただいてありがとうございました」

「お忙しいときにお邪魔して申しわけありまへんでした」

「お茶も淹れんとすんまへんどしたなぁ」

「とんでもないです。それでは失礼します」

揃って深く一礼し、ふたりは山門に向かって参道を歩いていく。

「どうぞお元気で」

その背中に声を掛けると、振り向いてふたりはまた腰を折った。

ふたりを見送り、急いで仕込みに戻ったサヨは、一段落したところで庫裏へと急いだ。

「お住すさんおいやすか？　サヨです」

「サヨちゃんかいな。どないしたん？　息が切れてるやないの」

間髪をいれず宗海が出てきた。

「急ぎの用事で来ましたんや。これ。いつぞやうちの親戚がお借りしたお金。返しに来てくれたんで」

袱紗に包んだ金子を上がり端《ばな》に置いた。

「へえー、えらい律儀な押し込みやねんな」

手に取って宗海が袱紗の結び目を解いている。

「なんにしても返してくれはってよかったです。ほなこれで」

「お茶なと飲んでいきぃな」

「おにぎりの仕込み中ですねん。またゆっくり寄せてもらいます」

「今日の具はなんえ？」

「塩おにぎりのほうはシジミのしぐれ煮で、海苔巻きのほうはジャコの味噌和えです。取っときまひょか？」

「ほなふた組取っといてくれるか。あとで取りに行きますわ」

「承知しました。手が空いたらお持ちしますさかい、ちょっと待ってとぉくれやすな」

庫裏をあとにして、サヨは小走りで店に戻った。

シジミのしぐれ煮を数え、十粒ずつを飯で包みこみおにぎりにする。十個、二十個とにぎっていて、ふと桐箱に目が行った。

「そや。このお菓子もお住すさんに食べてもらわな」

流しで手を洗い、急いで桐箱を開けた。

あらためて手に取ってみると、意外なほどずしりと重い。

「こんな重いお菓子やったかいなぁ」

桐箱のなかから菓子の紙包みを取りだすと、底にまた別の包みがあり、そちらのほうが大きい。

「羊羹《ようかん》でも入ってるんかいな」

包みを解こうとすると、封書が添えてあり、サヨさまと表書きにあった。封筒に息を吹き込み便箋を取りだしたサヨは声に出して読みはじめた。

「前略　この度は大変お世話になり、ありがとうございました。おかげさまをもちまして、今日まで悪事を働くことなく、まじめに働かせていただいております。それもこれもみなサヨさまのあたたかいお心づかいのおかげでございます。手前どものほんのお礼の気持ちをどうぞお受けとりくださいませ。失礼かとも存じますが、利子としてお考えいただければさいわいでございます。末筆ながらサヨさまの今後ますますのいやさかをお祈りしております。塚本八兵衛　定一」

便箋をたたみ、おしいただいて一礼したサヨは封筒に仕舞い、ゆっくりと包みを解くと、そこには十両という大金が入っていた。

「じ、十両……。そんなあほな」

十両を手にしたまま、サヨは小上がりに尻もちをついた。

ふたりの身なりや話から、八兵衛父子が金持ちになったことはよくわかるが、だからといってこれほどの大金をサヨが受けとる道理はない。そう考えたサヨは封書と十両を手に握りしめ庫裏へ駆け込んだ。

「お住すさんおいやすか。お住すさんおいやすか」

「なんやな。そない大きな声を出して。宗海ならさっき出て行きよった。サヨがおにぎりを持ってきたらあずかっといてくれて言うとったさかい、そこに置いといてくれるか。わしの分もあるんやろな」

「お住すさん、おにぎりどころやない。えらいことです。これ見とぉくなはれ。じ、十両でっせ」

サヨが金貨を数えて上がり端に置いた。

「えらい大金やな。誰ぞの落としもんか？」

「違いますねん。実はね……」

大まかないきさつを話して、サヨが封書を手渡した。

「押し込みの話やったら、宗海から聞いた。うまいこと収めたてほめとったんや。そうか。金返しにきたか。なかなかできんことやが」

宗和は便箋を広げ、目で文字を追っている。

「気持ちはありがたおすけど、うちはなんにもしてしまへんし、お金を貸さはったんはお住すさんのほうです。利子やて言うてはるんやから、お寺はんにもろてもらわんとあきまへんやん」

三和土に立つサヨが高い声をあげた。

「なるほど。サヨの言うのは道理に適《かの》うとる。押し込みに貸したんはうちの寺の金で、サヨの金やないわな」

「そうどすやろ。とにかくうちがこれをもらうわけにはいきまへんさかい、ここに置いときます」

　サヨが十両を宗和に向けて押しだした。

「わかった。お布施やと思うて、ありがとうに受けとっとく」

　宗和は十両を受けとって包みなおす。

「よかったぁ。おおきに、ありがとうございます。こんな大金手元に置いてたら、心配で夜も寝られんとこでした」

　サヨはホッとしたように襟元を直した。

「いやいや、礼を言うのはこっちのほうや。ちょっとした要り用があってな、十両ほど工面せんならんなと思うてたとこなんや」

「そら、よろしおした。けどお礼を言わはるんやったら、塚本はんのほうです。うちは仲立ちしただけどすさかいに」

　身軽になったサヨは足早に店へと戻り、おにぎりの仕込みを続ける。

　巳の刻を過ぎ、あっという間に四ツ半となるころには、おにぎりもでき上がり、数を数えながら包みを作るサヨは鼻歌交じりだ。

「ええ父子はんでほんまによかったなぁ。『清壽庵』はんにも役に立てたし、お菓子屋はんも繁盛してはるし、うちもがんばらんとあかん。しっかりためてお店の普請も早ぅせんと」

ひとりごちてサヨは店のなかを見まわした。

午《うま》の刻が近づいてきたのか、店の外から話し声が聞こえてくる。少しでも寒さを紛らそうとして、声を出しているのだろう。急いでかんぬきを外し、サヨは引き戸を開けた。

「サヨちゃん、今日のおにぎりはなんや？」

いつものように一番乗りは大工の留蔵と左官の勘太だ。

「今日は塩のほうがシジミのしぐれ煮、海苔のほうはジャコの味噌和えどす」

「今日も旨そうやな」

まだぬくもりの残る包みを持って、留蔵が代金を払う。

「寺の普請の下見に来るんやけど、日の暮れ前ごろにサヨちゃんは店に居るか？」

おにぎりを受けとりながら勘太が訊いた。

「へえ。明日の仕込みがありまっさかい居りますけど、お住すさんは今朝会うたときに、普請の話なんかしてはりまへんでしたえ」

サヨは釣銭を渡しながら怪訝そうな顔を勘太に向けた。

「急に決まったんやろ。わしらもついさっき言われたとこや」

留蔵が言葉を補った。

「お寺の普請やったら、うちは関係ないんと違います？」

次の客におにぎりを渡す。

「この店のほうもやて言うてはったから、屋根の葺《ふ》き替《か》えかもしれん。ときどき雨漏りするて言うてたやろ」

「それはありがたいわ。炊事場やさかい、差しさわりはあんまりないんやけど、雨漏りの音が気になるんやわ」

「日が沈むまでには来るさかいな」

留蔵の言葉にサヨは軽くうなずいた。

サヨのおにぎりの評判は日増しに高まり、売り切れる時間は早くなるいっぽうだ。一日に作るおにぎりの数を増やそうかとも考えてみたが、夜の客が入っているときは、現状で手いっぱいだ。

昼のおにぎり屋より、夜の料理に大きな魅力を感じているサヨの、一番の悩みどころはそこだ。

夜の料理にもっと力を注ぎたいところだが、それにはもう少し客を増やさなければいけない。そのためにも店の普請を早くしたいところなのだが、すぐにたくわえが増えるわけでもなく、もどかしさにサヨは身もだえした。

「そや。未の妙見はんにお参りしとこ」

ひとりごちてサヨは後片付けもそこそこに『法華寺』へ急いだ。

何度この道を通っただろうか。近道や裏道も見つけ、初めて訪れたときに比べると、ずいぶんと早くたどり着けるようになった。

「妙見はん、いっつもありがとうございます。サヨでございます。いつになるやわかりまへんけど、また未のお客さんがお見えになります。ええお知恵があったらお授けくださいませ。よろしゅうおたの申します」

妙見堂の前でサヨは両手を合わせ、一心に祈りを捧げている。

ガサッ、ガサッと荒い音が堂のなかから聞こえ、薄ぼんやりとではあるが、妙見らしき姿が見える。

「よう来たな。清水の妙見から話を聞いとったさかい、いつ来るかと待っとったんやがな。その客はずっと前から信心してくれてて、うちにもときどき来てくれとる」

くぐもった声がサヨの耳に届いた。

「そうみたいどすな。うちの仲間ができてよろしおした」

「鱗太郎という男はわしらの国にとってだいじなやつや。せいだい旨いもんを食わしてやってくれ」

「承知しました。美味しいお豆腐を食べたい言うてはりましたんで、ええお豆腐屋はんを探してるとこですねん」

「あいつは酒が飲めんからな。甘党なんや」

「お酒飲まはらしまへんのか。それはむずかしおすな。うちはお酒のアテみたいなもんが好きやさかい」

「鱗太郎は未、サヨは巳やさかい、参ったことがないかもしれんけど、嵯峨《さが》のほうに酉《とり》の妙見がおることは知っとるやろ」

「へえ、『常寂光寺《じょうじゃっこうじ》』さんどすやろ。お名前だけは存じてますけど、お恥ずかしいことにまだお参りできてませんのや。まだ酉のお客さんが来はったことがないもんでっさかい」

「あの酉の妙見はな、保津川が水であふれたときに、上流から流れてきよったんや。それを船頭が拾うて祀《まつ》ったんを『常寂光寺』に納めてもらいよった。言うたら水に救うてもろた妙見やさかい、水に恩を返しとる」

「酉の妙見さんは、五行で言うたら金と違うんどすか?」

「サヨもだいぶ妙見のことがわかってきよったな。そのとおりなんやが、それだけに凝り固まっとぉったらあかん。妙見も自在やないとな」

「それで水にどんな恩を返してはるんどす?」

サヨがじれったそうな顔で訊いた。

「そや。その話をせんといかんな。『常寂光寺』はんに遷座させてもろた礼に、妙見は嵯峨一帯の水を浄《きよ》めよった。そのときにわしが力を貸してやったというわけや」

「力を貸すて?　なにをどないしはったんどす?」

「わしは五行の土をつかさどっとるさかいな、嵯峨の辺りの土のなか深ぅに埋まっとる水甕《みずがめ》に頼んでやった。清らかで旨い水を土の上まで届けてやってくれんか、とな」

未の妙見が鼻を高くしたような気がする。

「なんや、自慢ですかいな」

顔半分で笑った。

「まぁ、そういうこっちゃな。それで嵯峨はちょっと井戸を掘っただけでええ水が湧き出よるようになった。で、その水を使うて旨い豆腐を作る店ができた。それを言いたかったんやがな」

「えらい回りくどい話どすけど、嵯峨へ行ったら美味しいお豆腐屋はんがある言うことですねんな」

「そや。麟太郎が来よったらその豆腐を食わしてやれと言いたかったんや」

「おおきに。ええ知恵を授けてもろてお礼申します。けど、嵯峨ていうても広いですがな。そのお豆腐屋はんはどの辺りにあるんどす?」

「『清涼寺《せいりょうじ》』はんの門前や。わからなんだら『清涼寺』はんで訊いたらええ」

「わかりました。近いうちに行っときます。今日もええ知恵を授けてもろておおきに。けど、次からはもうちょっと手短に言うとぉくれやすな」

舌を出してサヨが両手を合わせる。

「回りくどぅて、すまんこっちゃったな。次からは気ぃ付ける」

チッと舌打ちをして妙見はもとの位置に戻っていったようだ。お堂のなかから音が聞こえなくなったのをたしかめて、サヨは『法華寺』をあとにし、急ぎ足で店に戻る。

息せき切って『清壽庵』の山門をくぐり、参道の石畳を歩くと、店の前で談笑する男が目に入った。宗海と留蔵、それに勘太の三人だ。

「どこ行っとったんや。ずっと待ってたんやで」

勘太が声をあげた。

「すんまへん、ちょっと妙見さんへお参りに。けど日の暮れまではまだだいぶありますやん」

サヨは額に手をかざして冬空を見上げた。

「日のあるうちに寸法を測っとこと思うてな」

留蔵が間縄《けんなわ》をサヨに向ける。

「寸法てどこを測らはりますの？」

間縄に目を留めてサヨが訊いた。

「サヨちゃんの店のあっちゃこっちゃやがな」

紫の長羽織を着た宗海が笑みを向けた。

「雨漏りの修繕やったら屋根だけでええんと違うんですか？」

サヨはいぶかしげな顔付きで、三人を見まわした。

「本堂も庫裏もサヨちゃんの店も、雨漏りを修繕するんやが、ついでに店のなかも普請してやってくれ、て和尚に頼まれましてな」

留蔵が意味ありげな視線を宗海に向けた。

「えらいようけ寄進してくれはった、奇特《きとく》なかたがおいやしたんやて。それを早ぅ使うてしまわな、て和尚が言いますねんよ」

宗海が首をすくめて勘太と目を合わせる。

「大金をお寺に置いといたら、余計なもんを買う坊さんが傍《そば》におるからな、て和尚が言うてはりました」

「ていうことみたいやわ。大家としては、店子《たなこ》の使いやすいように普請する義務がありまっさかい、サヨちゃんの思うようにしたらええ。あとは留さんと勘ちゃんにまかせときます」

そう言って、宗海は庫裏へ向かって行った。

「ほな寸法測らしてもらいまひょか」

勘太が戸口に向き直る。

「夢見てるみたいどすけど」

呆然とした顔をしたサヨが、慌てて引き戸の鍵を開ける。

「夢と違うで。これがほんまになるんや」

勘太は懐から取りだして、見取り図を広げた。

「こない早いこと普請できるようになるとは、夢にも思うてなんだな。あれこれ考えを巡らせとったことをわしも絵に描いといた」

留蔵が懐から図面を出してみせた。

「留さん、ほんま絵がヘタやな。どっちが上かもわからん」

横目で見て、勘太が高笑いする。

「余計なこと言うてるひまはないで。明るいうちに寸法測らな。勘太、この端っこを持って、そこの柱に当ててくれるか」

間縄を手にした留蔵が顔を引きしめた。

「うちもなんぞ手伝いまひょか」

遠慮がちに声を掛けた。

「ここはわしらにまかしといたらええ。それより、なんぞ旨いもんを作ってくれるか。あらかたの図面を引けたら、普請の前祝に一杯やろやないか」

留蔵が杯を傾ける真似ごとをする。

「お安いご用で。気張って美味しいもん作りまっせ」

サヨがたすきを掛けた。

「和尚と宗海も呼ばんとあきまへんやろ」

間縄を持って勘太が庫裏のほうに目を向ける。

「だいじなお施主《せっ》さんやさかいな」

図面に寸法を書き入れながら、留蔵が笑顔を丸くする。

「勘太はん、ちょっとここをつねってくれはりますか？」

サヨが右の頰を指した。

「ええんか？　夢やないさかい痛いで」

間縄を小上がりに置き、勘太がサヨの頰をつねる。

「あいたたた。そないきつうにつねらんでもよろしいがな。けど、ほんまなんや。夢やないんや」

サヨが泣き笑いすると、ふたりも声をあげて笑った。

〈さげ〉

と、ここで一冊目の大福帳は終わってます。麟太郎はんが晩飯を食いに来る話はおあずけですわ。

ちょっと肩透かしを食ろうた気もしまっけど、こっから先を愉しみにせい、ということでっしゃろ。

どんな豆腐鍋を作りよるんか、考えただけで口のなかにツバがたまってきます。

今でこそ京豆腐がどったらこったら、て言うとりまっけど、わしら京都に住んどるもんからしたら、豆腐は嵯峨が一番やと思うてきました。『清凉寺』の門前に『森嘉《もりか》』っちゅう豆腐屋はんがあって、これぞ京都の豆腐、という得も言われん味と舌触りですわ。豆腐だけやのうて、飛龍頭《ヒリョウズ》っちゅう、東京でいうガンモドキも旨いんです。妙見はんお奨《すす》めのこれを使うて、サヨは豆腐料理を麟太郎はんに出しますんやろ。興味津々ですな。

さあ、店の普請を終えて、板前で料理を披露する最初の客は麟太郎はんになるんでっしゃろか。それともまたほかの客が現れるんやろか。早いこと二冊目を読みとうてうずうずしてますねん。

けど、なんでんなぁ。こういうのを〈持ってる〉て言いまんにゃろなぁ。

ふつうは押し込みに入られたら、ろくなことになりまへんで。銭取られるか、ケガさせられるか。下手したら命を取られかねまへん。それがあんた、夢に描いとった普請の元手に化けるやなんて、考えられしまへん。それもこれも妙見はんのおかげでっしゃろか。

そう思うてね、わしも最近は洛陽十二支妙見参りっちゅうやつにハマってますねん。わしは辰年《たつどし》の生まれでっさかい、岡崎の妙見はんからはじめてます。『満願寺《まんがんじ》』っちゅうお寺に居てはりますねんけどね、まだお声を聞いたことも、お顔を拝見したこともおへんのですわ。それでも、サヨの体験を知っとるせいか、なんとのう親戚みたいな気がしてます。

なんぞご利益があったか、てでっか？　あらいでかいな。大ありもええとこですわ。なんと、年末ジャンボで当たったんです。三千円。な〜んや、て言わんといてください。これまで十五年買い続けてきて三百円しか当たったことなかったんでっさかい、わしにしたら大金星です。

妙見はんに見守られて、これからサヨがどんな店で、どんな料理を作りよるんか、早ぅ続きを読みとうてしょうがおへん。これを新作落語にして高座に上げたら、わしも絶対売れるようになりまっせ。愉しみに待ってとぅくれやすな。

第一話「しゃも鍋」は、「小説現代」二〇二〇年四月号に掲載されました。その他は書き下ろしです。

柏井　壽（かしわい・ひさし）

1952（昭和27）年、京都市生まれ。同市で歯科医院を営むかたわら、小説、エッセイを執筆する。テレビ、雑誌等の京都特集の監修を務め、京都のカリスマ案内人とも称される。「鴨川食堂」シリーズ、「京都下鴨なぞとき写真帖」シリーズ、「祇園白川 小堀商店」シリーズ、『海近旅館』『カール・エビス教授のあやかし京都見聞録』など多数の小説を発表。柏木圭一郎名義でも京都を舞台にしたミステリー小説を刊行している。エッセイに『できる人の「京都」術』『日本百名宿』『グルメぎらい』『せつない京都』などがある。

京都《きょうと》四条《しじょう》

月岡《つきおか》サヨの小鍋《こなべ》茶屋《ぢゃや》

二〇二〇年一一月一六日　第一刷発行

著者　柏井《かしわい》　壽《ひさし》

発行者　渡瀬昌彦

発行所　株式会社講談社

〒一一二-八〇〇一

東京都文京区音羽二-一二-二一

電話　出版　〇三-五三九五-三五〇五

販売　〇三-五三九五-五八一七

業務　〇三-五三九五-三六一五

本文データ制作　講談社デジタル製作

印刷所　豊国印刷株式会社

製本所　株式会社国宝社

ISBN978-4-06-521565-4 N.D.C.913 302p 20cm